シュガーアップル・フェアリーテイル

銀砂糖師と青の公爵

三川みり

16393

角川ビーンズ文庫

CONTENTS

シュガーアップル・フェアリーテイル
銀砂糖師と青の公爵

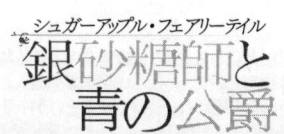

銀砂糖師と青の公爵
シュガーアップル・フェアリーテイル
sugar apple fairy tale
わたしは、砂糖菓子職人。
戦士妖精
シャル
銀砂糖師
の卵
アン
Key Word
銀《ぎん》砂《ざ》糖《と》師《し》と銀《ぎん》砂《ざ》糖《と》子《し》爵《しゃく》
王家が認める、聖なる砂糖菓子を作る特別職を、銀砂糖師という。すべての砂糖菓子職人の長は、銀砂糖師から選ばれ、銀砂糖子爵という称号を得る。

砂糖菓子店の
息子
ジョナス
だから、砂糖菓子で勝負する。
妖精
ミスリル
妖精
キャシー
銀砂糖子爵
ヒュー

本文イラスト／あき

一章　雪が降ったら

鼻の頭にふわりと落ちた冷たさに、アンは空を見あげた。

灰色の雲が、低く広がる空。そこからほろほろとこぼれ落ちるように、雪が舞《ま》っていた。

「雪……。とうとう、雪だ」

突《つ》っ立ったまま、アンは絶望的に呟《つぶや》いた。それとは対照的に、彼女の背後に止まっている箱形馬車の屋根の上では、小さな妖精《ようせい》が小躍《こおど》りする。

「わぁお！　雪だぜ、雪。俺は雪が大好きなんだ！　綺麗《きれい》だなぁ、なぁ、アン！」

妖精は、青い瞳《ひとみ》をきらきらさせている。湖水の水滴《すいてき》から生まれた妖精の名前は、ミスリル・リッド・ポッドという。

「どうしよう……」

「どうしようもなく、綺麗だよなぁ！」

「最悪だわ……」

はしゃぎまわるミスリルと、絶望するアン。お互《たが》いの会話がまったく成立していないことに、二人とも気がついていなかった。しかし幸いなことに、一人冷静な存在がいた。

「どうでもいいが、客に商品を渡《わた》したらどうだ？」

御者台《ぎょしゃだい》に横になり、長い足をぶらぶらさせていた妖精が体を起こす。

言われてアンははっとして、目の前にいる娘《むすめ》に視線を戻《もど》した。

「あっ！　ごめんなさい。ぼんやりしちゃって。て……え……？」

ふさふさした毛皮のケープを着た娘は、アンを見ていなかった。惚《ほう》けたような顔をして、箱形馬車の御者台の方を見ている。

アンはひっそり溜息《ためいき》をつくと、娘が見ているものをふり返った。

——まあね。そりゃ、他《ほか》のものが目に入らなくなるわよね。

娘が見ているのは、御者台の上に体を起こした妖精だ。さらりとした黒髪《くろかみ》と、黒い瞳。黒曜石の妖精は、降り始めた雪に似た、冷たく美しい容貌《ようぼう》をしている。ちらちらと降り出した雪の結晶《けっしょう》が、彼の睫《まつげ》に触《ふ》れる。アンも思わず、その様子に心を奪《うば》われる。

——……綺麗。

しかし。この妖精は口が悪かった。

「かかし。さっさと商品を渡せ」

かかし呼ばわりされ、陶酔感《とうすいかん》が一気に消し飛ぶ。

「シャル！　かかしって呼ばないでってば！」

「なら、はやくしろ。のろま」

それだけ言うと、黒曜石の妖精シャル・フェン・シャルは、再び横になってしまった。

アンは気を取り直し、いまだに惚けている娘に、ひときわ大きな声で呼びかけた。

「あの！」

「は、え、ああ」

　娘はその声で正気づいたように、視線をアンに戻した。アンはほっとして、微笑《ほほえ》む。

「はい、これ。お代は二クレスです」

両手にささげ持っていた大きな砂糖菓子《がし》を、娘に見せた。

色とりどりの春の花を、一束にしたデザイン。派手な砂糖菓子だ。だが、たくさんの種類の花々が不協和音をかなでないように、配置や色の濃淡《のうたん》が工夫《くふう》されている。一週間前に娘の注文を受け、アンが作った。

娘の希望は「十種類以上の春の花々を束にした、豪華《ごうか》な砂糖菓子」というものだった。

銀砂糖から作られる砂糖菓子は、様々な儀式《ぎしき》に用いられる。不幸を祓《はら》い、幸福を招く。『甘き幸福の約束』と呼ばれる聖なる食べ物。その形が美しければ美しいほど、より大きな幸福が訪《おとず》れる。

アンはその砂糖菓子を作る、砂糖菓子職人だった。

その腕《うで》のほどは、砂糖菓子を見た娘の表情が物語っていた。

「素敵《すてき》じゃないの」

意外そうに娘は、感嘆《かんたん》の言葉を口にした。それから引き連れてきた、青年の姿をした妖精をふり返る。妖精はひょろりとした体つきで、娘よりも少しばかり背が高かった。なんともいえず、弱々しい。

「おまえ、その砂糖菓子をもちなさい」

おとなしそうな妖精は、言われるままに、アンの手から砂糖菓子を受け取る。

妖精は、ほうっと感心したような声を出した。

「これは、ここ数年、お嬢様《じょうさま》の誕生日に準備した砂糖菓子の中では、一番ですね」

娘は「まあね」と素っ気なく答えると、片手をさしだした。

「じゃ、これが代金よ。受け取りなさい」

安っぽい金属音とともに、アンの掌《てのひら》に落とされた銅貨は十枚。アンは首をひねった。

「あの。お代は二クレスです。あと一クレス足りません」

「それで充分《じゅうぶん》でしょう」

「え？　お約束は、二クレスじゃ」

「腕がいいと噂《うわさ》を聞いたから、頼《たの》んだけれど。あなた、銀砂糖師じゃないのよね？　この辺の相場じゃ、銀砂糖師以外には、一クレス以上払わないものなの。一クレスは、普通《ふつう》の砂糖菓子職人に支払う代金の、上限よ。ありがたく受け取りなさい」

「でも！　約束は約束で」

食い下がろうとするアンに、娘は余裕《よゆう》の笑《え》みをみせた。

「あら。じゃあ、買わなくてもいいのよ」

そう言われると、アンは言葉に詰《つ》まった。

買ってもらえなければ、材料の銀砂糖と労力が、まるまる無駄《むだ》になる。

「おいおいおい！　人間の小娘！　聞いてりゃ、ずいぶんけちなことを言うじゃないかよ。このミスリル・リッド・ポッド様が黙《だま》っちゃいない……」

箱形馬車の屋根の上から、ミスリルが声をあげて腕まくりする。

「黙れ。ミスリル・リッド・ポッド。おまえが出ると、ややこしくなる」

シャルが、ミスリルの声をさえぎった。そして再び、御者台の上に体を起こした。

「なんだと!?　おまえ、ひとり怠《なま》けてたくせに、偉《えら》そうに言うな！」

「おまえも騒《さわ》いでいるだけで、役に立ってない」

「心底失礼だ――!!」

わめくミスリルを無視し、シャルは地面に降り立つ。背にある一枚きりの羽は、半透明《はんとうめい》の絹のようだ。さらりと、膝《ひざ》裏まで流れている。彼は少し大儀《たいぎ》そうな、ゆっくりとした動きでアンの隣《となり》にやってきた。その物憂《ものう》げな動きさえも、どこか艶《つや》やかさがある。

「取り戻すか？」

静かな声で、シャルが訊《き》いた。声は静かだが、剣呑《けんのん》なひびきが混じっていた。声とともに、羽が冷えた銀色の輝《かがや》きを帯びる。

「あれを取り戻して、その上で二クレスを支払わせることも出来る。どうする？」

同じ妖精どうし、シャルの実力と不穏《ふおん》な気配を感じたのか。娘に付き従う妖精は、背にある一枚の羽を、ぶるりと震《ふる》わせた。

「なにをするつもりか、しらないけど。あんまり良くはないことなんでしょ～、それって」

「相手の流儀《りゅうぎ》にあわせるだけだ」

シャルは当然のように言ってのける。

正直、こんな相手に砂糖菓子を売りたくない。だがこの砂糖菓子は、目の前の娘の注文に応じて作ったものだ。それをこの娘に売らず、誰《だれ》か別の人間に売るのは、その誰かに不用品を押しつけるような気がする。買ってくれる相手に、失礼だろう。

かといってシャルが言うように、相手の卑怯《ひきょう》な流儀にあわせて、自分が卑怯な真似《まね》をするのも嫌《いや》だった。首をふる。

「ううん……。シャル。いい」

今は、少しでもお金が必要だ。アンは再び娘の方に体を向け、相手の目を真っ直《す》ぐ見る。

「なによ。なにか文句ある？」

「いいえ。わかりました。一クレスで結構です。おもちください」

真っ直ぐなアンの視線に、娘は一瞬《いっしゅん》たじろいだ様子だった。しかしすぐに、強がるようにふんと鼻先で笑った。そしてこちらに背を向け、さっさと歩き出す。

娘に付き従う妖精は、歩き出す前に、こわごわシャルから視線をそらした。「すみません」と小声で謝ると、アンに頭を下げる。それから急いで、娘の後を追っていった。

ちらちら降り始めた雪の向こうに、娘と妖精の姿は遠くなっていく。

彼らが歩み去る方向には、左右に赤煉瓦《あかれんが》の壁《かべ》が迫《せま》っていた。細い路地なのだ。路地はゆっくりと蛇行《だこう》し、上り坂になっている。路地を上りきれば、町の繁華街《はんかがい》。通りは石敷《いしじ》きで舗装《ほそう》されているし、幅《はば》も広い。通りの左右には間口の広い商店が並んでいる。

先ほどの娘は、そんな裕福《ゆうふく》な商店の娘らしい。

この町は、北部で生産される毛織物の流通中継地《ちゅうけいち》として、十年ほど前から栄えはじめた。そして今や、ルイストンに次ぐ規模の、大きな町に発展していた。

シャーメイ州の州都ウェストル。

王都ルイストンを擁《よう》するハリントン州と、隣接《りんせつ》する州だ。州公を務めるのは、前国王の時代に辣腕《らつわん》をふるった重臣、ダウニング伯爵《はくしゃく》。

掌の銅貨を、ドレスのポケットに入れる。そしてアンは、仕方ないと肩《かた》をすくめた。

「銀砂糖師じゃない砂糖菓子職人には、厳しくて当然か。銀砂糖子爵のお膝元《ひざもと》だもんね」

「そうか、畜生《ちくしょう》！　ヒューの野郎《やろう》」

ミスリルがぎらりと、繁華街の方向を睨《にら》む。アンは困り顔で呟《つぶや》く。

「えっと……。別にヒューが悪いわけじゃないんだけどね……」

ヒューというのは、現在の銀砂糖子爵の名だった。銀砂糖子爵は、国王専属の銀砂糖師。銀砂糖師も含《ふく》めた、全《すべ》ての砂糖菓子職人の頂点とも言える人物だ。

二ヶ月ほど前。アンはひょんなことから、その銀砂糖子爵、ヒュー・マーキュリーと知り合いになった。彼は銀砂糖師になりたがっていた彼女を、助けてくれた。

だが結局、アンは銀砂糖師になれなかった。

繁華街の家並みの上に、州公の城、ウェストル城の尖塔《せんとう》が見えた。監視塔《かんしとう》だろう。その黒い石を積んだ尖塔から西に視線を移すと、そっくり同じような尖塔が見える。こちらは白っぽい石を積んだ尖塔だ。

小さな湖をはさんで、州公の居城ウェストル城とそっくりにつくられた、白い城がある。その城の名は、シルバーウェストル城。銀砂糖子爵に与《あた》えられる居城だ。

「今夜はもう、野宿は無理ね」

あと一月《ひとつき》半ばかりで、今年も終わろうとしていた。

路地の壁に切り取られた狭《せま》い空から、ひっきりなしに雪が降っている。靴底《くつぞこ》に感じる地面は固く、凍《こお》りはじめている。冬の落日は早い。あたりはどんどん、暗くなっていくようだった。

今夜は、雪が積もるかもしれない。

アンはドレスの上に身につけた、ケープの前をかき合わせた。

ケープは裏地に、鳥の羽毛《うもう》を丁寧《ていねい》に縫《ぬ》い込んである。外布は、植物の模様をはく押しした、なめした革《かわ》。上等の品で、保温効果は抜群《ばつぐん》。アンの身分では、贅沢《ぜいたく》すぎる品だ。

「ケープ、本当に助かる。キャットに感謝しないとね」

このケープは、ウェストルに来る直前、ルイストンで手に入れた。偶然《ぐうぜん》知り合いになったキャットという渾名《あだな》の、変わり者の銀砂糖師の仕事を手伝い、その報酬《ほうしゅう》がわりにもらったのだ。

ケープのおかげで、旅路はかなり楽になった。

寒さを感じない妖精《ようせい》たちには、冬の寒さはまったくこたえていない。雪のなかで野宿しても、大丈夫《だいじょうぶ》だろう。だがケープがあったとしても、人間のアンが雪の中で野宿するのは無理だ。

「行こうか、シャル、ミスリル。今夜は、宿に泊《と》まらなくちゃ。安いところを見つけないと」

言いながら、古びた箱形馬車に向かう。

その箱形馬車は、一度は強奪《ごうだつ》され、彼女の手を離《はな》れたものだった。だがその後、ルイストンのはずれに乗り捨てられているところを発見できた。母親と旅した十五年の、思い出そのものの箱形馬車だ。古くても、みすぼらしくても、それが戻《もど》ってきたことはなによりも嬉《うれ》しかった。

御者台《ぎょしゃだい》には乗らず、アンは馬の轡《くつわ》をとった。

路地の反対方向はゆるい下り坂で、道幅は少しずつ広くなっている。そこを下っていく。

「やった！　宿泊《ど》まりか！　俺は窓から雪を見るのが、好きなんだよな」

ミスリルがうきうきした調子で、屋根の上から言う。アンも笑顔になる。

「わたしもよ。暖かい部屋から雪を見ると、雪の綺麗《きれい》さだけを楽しめるものね」

馬を引き、ゆっくりと箱形馬車を動かす。歩き出したアンに、シャルが並んで訊いた。

「金は？　あるのか」

何気ない調子だった。だがシャルがアンの所持金の額を知っていて、心配してくれているのは分かった。

アンの稼《かせ》ぎは、微々《びび》たるものだ。銀砂糖師でもない十五歳の娘《むすめ》から、砂糖菓子《がし》を買ってくれる客は少ない。その腕前《うでまえ》を知って、ときおり注文をくれる客はいる。だが、それでも。さっきのように、買いたたかれること、しばしばだった。

「まかせといて、……って言えるほどは、持ってないのよね。だから安い宿になるわよ」

別に、贅沢をしたいわけではない。寒ささえしのげれば、どんな宿でもかまわない。

——でも、あと一ヶ月ちょっとで昇魂日《ブル・ソウル・デイ》。そしてすぐに、年末なのよね……。

これから日ごとに、気温は下がる。冬の間は、寒さをしのぐ宿の確保が必要だった。亡《な》き母親を天国へ送るため、昇魂日の砂糖菓子も、そろそろ作りはじめなくてはならなかった。できれば宿を確保した後、落ち着いて、時間をかけて素敵《すてき》なものに仕上げたい。

そして年越《としこ》しはそのまま、宿で過ごしたかった。

アンと一緒《いっしょ》にいてくれる、ミスリルとシャルのために。わずかでもごちそうをふるまって、快適に過ごさせてあげたい。三人で、気持ちよく新年を祝いたい。

——ま、なにもかも先立つものがなけりゃね。

自分の所持金の額を思い出し、情けない気持ちになる。

「稼いでやろうか？」

唐突《とうとつ》に、シャルが言った。意外な言葉に、アンは目を丸くした。

「稼ぐ？　どうやって」

「やりかたはいろいろある」

「なにか物騒《ぶっそう》なこと考えてない!?」

「俺を、そんなに凶暴《きょうぼう》だと思っているのか？　強盗《ごうとう》でもしそうに見えるか？」

不機嫌《ふきげん》そうに視線を向けられる。

彼ならば平然と強盗をしそうだ。が、そうとも言えず、アンは引きつった笑顔《えがお》で答えた。

「そんなこと思ってないけど。でも。シャルの特技っていったら、腕《うで》っぷしかと」

「暇《ひま》と金をもてあましている人間を探して、一晩、俺を貸してやると言えば、いくらか稼げる」

シャルはとんでもないことを、こともなげに言った。今度こそ、アンは青ざめた。

「なな、なに言ってんの⁉　自分の言ったことの意味、分かってる⁉　身売りよ、それって！」

「そうだな」

「そうだな、じゃない！　死んでもそんなことお願いしないし、シャルも絶対しちゃだめ‼」

「なぜ」

真顔で問われ、赤面する。十五歳の乙女《おとめ》に、訊《き》くべきことじゃない。

いったいシャルの貞操《ていそう》観念というのは、どうなっているのか。百年以上も生きると、そんな観念、どこかへ置き忘れてしまうのか。というか、彼はいったいぜんたい、どんなことをどれだけ経験したのか。想像しそうになって、再び青ざめる。そんなこと考えたくもない。

するとしたり顔のミスリルが、ちっちと指を立てて振《ふ》る。

「なぜって、シャル・フェン・シャル。おまえみたいな、女心がわかんない野郎が、人間の相手なんかできるわけないからに決まってるだろう」

「そんなもの、分かってても分からなくても、やることは同じだ」

「い──や、違《ちが》うね」

「じゃなくて、二人とも論点が違う——!!」

アンは力の限りに怒鳴《どな》った。

「これは尊厳の問題なのよ！　とにかく、お金の心配はわたしがする。シャルは、そんな心配しないでいい。っていうか、しないでっ！　お願い！」

言い切ったアンに、シャルは少し呆《あき》れたような顔をした。

「強情《ごうじょう》だな」

強情なのとは、ちょっと違う。アンは脱力《だつりょく》しそうになる。

シャルが、パンを作って売るとか、靴《くつ》の修理をして稼ぐとか言えば、協力してもらったかもしれない。しかし彼の考える金儲《かねもう》けの方法が、突拍子《とっぴょうし》もないものばかりのような予感がする。怖《こわ》すぎた。

坂道を下りきる。あちらに一軒《いっけん》、こちらに二軒と、煉瓦《れんが》造りの建物が建っていた。建物と建物の間隔《かんかく》は広い。ひらけた場所には、壊《こわ》れた荷車やら農機具が、かためて放置されていた。

ぐるりと見回すと、一軒の建物に目がとまった。

その建物は横に長い。二階建てで、建物の横手に、簡単な屋根をつけた厩《うまや》がある。さらに帽子《ぼうし》と靴をデザインした、浮《う》き彫《ぼ》りの木製看板が、煉瓦の壁《かべ》に取りつけられていた。それは宿屋の目印だ。

宿屋には違いなかったが、とてつもなくうらぶれた雰囲気《ふんいき》だ。軒《のき》の瓦《かわら》が半分ずり落ちており、今にも、なだれをうって落ちてきそうな気配すらする。しかし、贅沢が言える身分ではない。

箱形馬車を、廐の脇に止める。シャルとミスリルをともなって、宿屋の扉をくぐった。

一階の酒場兼食堂は、埃《ほこり》と古い食用油が混じったような、むっとした臭《にお》いがしていた。

カウンターの向こうに、骨っぽく痩《や》せた、禿《は》げ頭の店主がいた。彼に料金を訊くと、泊まりは、一人一泊《いっぱく》三十バインだと答えた。そしてことのほか、じろじろとシャルを見た。

一泊すれば、三人分で九十バイン。先ほど手に入れたばかりの一クレスは、ほぼ消える。

残りの所持金は、二クレス弱となる。

それでも、雪の中で野宿するわけにはいかなかった。今の所持金があれば、とりあえず三日間はこの宿でしのげる。その間に稼げばいいと決心して、部屋を頼《たの》んだ。

案内された部屋は、暗かった。木製の窓が釘《くぎ》で打ち付けられており、開かない。

しかもベッドが一つ置いてあるだけで、部屋はいっぱい。ベッドを見おろしてアンとシャルが立てば、お互《たが》いが立ち位置を変えるのにも、体をひねらなくてはならないほど狭い。

「窓から、なんにも見えない……」

ミスリルはがっかりしたように呟《つぶや》いた。

「ごめんね。いつかお金が手に入ったら、素敵な宿に泊まるから」

アンは言いながら、部屋の中を見回す。ベッドの下には、大きな蜘蛛《くも》の死体が転がっている。

気持ち悪さに、ちょっと身震《みぶる》いした。

その時、遠慮《えんりょ》がちなノックの音がした。

「はい？」

アンが返事すると、ゆっくり扉が開いた。おずおずと顔を見せたのは、一人の老婆《ろうば》だった。頭から、地味な毛織物のショールをすっぽり被《かぶ》っている。その老婆には見覚えがあった。

「おばあさん。確か、先々週の」

ウェストルに到着《とうちゃく》して間もない頃《ころ》、砂糖菓子の注文に来た老婆だ。

今日砂糖菓子を売った商家の娘より、二週間も前に注文に来た。だから二週間前が、砂糖菓子を渡《わた》す約束の日だった。なのに約束の日になっても、老婆は姿を現さなかったのだ。

仕方なくアンは、作った砂糖菓子を、今も箱形馬車の中に置いたままにしていた。

「あんたの馬車を、外で見つけたんだ。宿の人が、あんたはこの部屋にいるって教えてくれた。おそくなってごめんよ、嬢《じょう》ちゃん」

老婆はよれよれのドレスのポケットから、銅貨十枚を摑《つか》みだした。

「約束の一クレス。準備できたんだ」

「わぁっ！　ありがとう、おばあさん」

差し出された銅貨を、ありがたく受け取る。

「砂糖菓子は、馬車の中にあるから。おばあさん、一緒に下におりましょう。二人も、一緒に一階に行こう。おばあさんに砂糖菓子を渡したら、軽くなにか食べられる」

臨時収入のおかげで、少し心に余裕《よゆう》が出来た。今夜は乾燥《かんそう》させた木の実を嚙《か》んで眠《ねむ》ろうかと思っていたが、この分ならスープくらい食べても良さそうだった。

酒場兼食堂には、二、三組の客がいるだけで閑散《かんさん》としていた。そこに老婆と二人の妖精《ようせい》を待たせて、アンは箱形馬車から砂糖菓子《がし》を運んできた。

「これ、どうかな？　注文通り、雪告げ鳥のつがいなんだけど」

テーブルの上にアンが置いたのは、つがいの鳥を形にした砂糖菓子だった。細い足がすんなりと伸《の》びた、二羽の白い鳥。長い首をゆるくさげて、囁《ささや》きかわしているかのように、くちばしを寄せあっていた。

雪告げ鳥は、渡り鳥だ。冬の初めに、大陸からハイランド王国に渡ってくる。この鳥は一度伴侶《はんりょ》を決めると、生涯《しょうがい》を変わらぬつがいで過ごす。恋人《こいびと》たちや夫婦《ふうふ》者が好むモチーフだ。アンが持ってきた砂糖菓子を見て、宿屋の主人も他《ほか》の客たちも、ちょっと驚《おどろ》いたような顔をした。細かく刻まれた羽の細工が、目を惹《ひ》きつける。

老婆はうんうんと、満足そうに頷《うなず》く。

「綺麗《きれい》だね。うん、綺麗だ。おじいさんが、雪告げ鳥にしてくれと言ってたんだ。よかった」

「おじいさんの、お祝いかなにか？」

なにげなくアンが訊くと、老婆は哀《かな》しげな顔で笑った。

「いいや、おじいさんの昇魂日のためにさ。自分が死んだ年の昇魂日の砂糖菓子は、雪告げ鳥にしてくれって、昔から言ってたんだよ。でも一クレス以下じゃ、どの砂糖菓子職人も無理だって言うし。だからわたしの指輪を売って、一クレスを準備しようとしたんだけど。なかなか思う値段で売れなくて。遅《おく》れて申し訳なかったね。それでもね、一クレスで引き受けてくれたの、あんただけだったんだよ。ウェストルでは一クレスが、砂糖菓子の最低価格なんだとさ。そのうえこんなに綺麗なもの作ってくれて、ありがとうよ」

一クレスが砂糖菓子相場の最低価格と聞き、ミスリルはちっと舌打ちする。

「あの金持ち娘《むすめ》。嘘《うそ》ついて、相場の最低の値段でアンの砂糖菓子を買いやがったのか」

老婆の言葉で、アンも、商家の娘にしてやられたのだと知った。

しかしそれよりも、愛《いと》しそうに砂糖菓子を見つめる老婆の身の上が、気がかりだった。

老婆のドレスの袖口《そでぐち》も裾《すそ》もすり切れていたし、染《し》みだらけだ。毛織物のショールも毛羽《けば》立っていて、薄《うす》い。そんな彼女が、ずっと指輪を持っていた。大事な指輪だったのだろう。けれど砂糖菓子のために、その指輪を売ったという。死んだ伴侶のために。

老婆の、枯《か》れ木のように節くれ立った指が切なかった。痩せた体をみれば、ろくに食べていないのは想像がつく。

「さてと、じゃ砂糖菓子はもらっていくね」

老婆が、立ちあがる。と、アンは急いで、ドレスのポケットから五枚の銅貨を摑み出した。

「あ、忘れてた。待って、おばあさん。これ、おつりよ」

銅貨を老婆の手に握《にぎ》らせる。ミスリルがびっくりしたように声を出す。

「アン⁉」

老婆は片方の腕《うで》に砂糖菓子の包みを抱《かか》えたまま、きょとんとしてアンを見返した。

「いや、わたしゃ一クレスしか渡してないがね?」

「わたし、使う銀砂糖の量を計算間違いしていたの。この砂糖菓子は、五十バインなのよ」

「え、でも。この大きさじゃ……それに最低価格が」

「わたしは銀砂糖師じゃないから、そんなに高い砂糖菓子は作らないの。ウェストルに住んでいる砂糖菓子職人でもないから、相場は関係ないし。はい、おつり」

にっこり微笑《ほほえ》まれて、老婆はなにか悟《さと》ったようだった。すまなそうに銅貨をドレスのポケットにつっこむと、ぼそりと言った。

「ありがとうよ。これで一ヶ月は、小麦が買える」

ゆっくりとした足取りで宿屋の外へ出て行った老婆を見送って、アンは椅子《いす》に腰《こし》かけた。馬《ば》鹿《か》なことをしたという思いと、これでよかったという思い、半々だった。

目の前の椅子には、シャルが座っていた。ふとその顔を見ると、なにか言いたげだった。

「なに？」

「別に」

シャルは脚《あし》を組んで頬杖《ほおづえ》をついたまま、ふいと視線をそらした。

──どうせ馬鹿とか、考え無しとか、言いたかったんでしょうね。

アンは天井《てんじょう》を見あげた。でも自分が納得《なっとく》しているから、これでいい。

しかし、ミスリルは違《ちが》った。テーブルに飛び乗ると、眉《まゆ》を吊《つ》り上げた。

「アン！　なんで半分も、代金を返しちまうんだよ」

アンは視線をミスリルに移すと、微笑した。

「違うのよ。本当にあの砂糖菓子は、五十バインなの」

「嘘つけ、この馬鹿！　こんなことやってたら、アンが日干しになっちまうぞ」

「いいのよ。裕福《ゆうふく》な人からは、ちゃんともらうんだから」

「よくない！」

決めつけると、ミスリルはアンに向かって、びしりと人差し指を突《つ》きつける。

「今の自分の懐具合《ふところぐあい》を認識《にんしき》しろって、俺は前々から言ってるだろう。あのばあさんに気を遣《つか》ってる場合かよ？　おまえの有り金、三クレスあるかなしかっ……」

と、ミスリルがくどくど言いかける前に、ばしりと彼の後ろ頭がはたかれた。

平手を見舞《みま》ったのは、シャルだ。

「痛《いて》っ！　なにするんだ、人の頭を平手で殴《なぐ》りやがって」

「平手がいやなら、デコピンしてやる」

「おまえと俺のサイズでデコピンなんかしたら、俺は即死《そくし》だぞ！」

「だろうな」

「分かって言ってるのか⁉　この悪魔《あくま》！」

「言いたくもなる。おまえは、声が大きい。面倒《めんどう》が起こる」

シャルに指摘《してき》され、ミスリルもそうだが、アンもはっとした。シャルが鋭《するど》い表情で視界の端《はし》に捕《と》らえているのは、バーカウンターの向こうにいる、宿の主人だ。

宿の主人は、いやな笑《え》みを浮《う》かべていた。彼は拭《ふ》いていた皿を置き、バーカウンターから出てくると、アンたちの座るテーブルにやってきた。

「なぁ、お客さん。あんた、ちゃんと宿代払えるだけ、金を持っているのかい」

今までの事務的な態度とちがって、なれなれしい表情と態度だった。

「あるわよ、ちゃんと。一人三十バインだから、三人で一泊《いっぱく》九十バイン」

「ちがうな。一人一泊五クレスだと、初めに言っただろう？」

その言葉に、アンは啞然《あぜん》とした。

「そんなこと聞いてないわ。確かに、一人一泊三十バインだって」

「そりゃお客さんの聞き間違《まちが》いだ。五クレスだ」

「そんな法外な値段」

「おや、知らないのか。宿賃は最高クラスの宿では四、五クレスするものだ。この値段ならば、妥当《だとう》だよ。州公に訴《うった》えても、わしが州公に罰《ばっ》せられるほどの、桁外《けたはず》れの値段じゃない」

「じゃあ、そんな高級な宿には泊《と》まらない。出ていく」

「そりゃ結構だが、キャンセル料金を頂くよ。もうあんたは一度、部屋に入ったんだからね。キャンセル料金は五クレスだ」

「そんなあくどいこと言うなら、本当に州公に訴えるわよ！」

かっとして、アンは立ちあがるのと同時に、声をきつくした。宿の主人は肩《かた》をすくめる。

「どうぞどうぞ。聞き間違えたのは、あんただ。わしがキャンセル料金をもらうのは、正当な権利だ。あんたの方が、金もないのに宿に泊まろうとしたって罪で、牢《ろう》に繫《つな》がれるさ」

なぜ宿の主人が、こんなとんでもないことを言い出したのか。理解できなかった。

それでもその悪意だけは、ひりひりと伝わってくる。

精一杯睨《せいいっぱいにら》みつけていると、宿の主人はへらっと笑う。

「そんな怖《こわ》い顔をするなよ、お嬢《じょう》さん。わしは悪人じゃないさ。あんたの聞き違いには、目をつぶってやるよ。今夜一晩は、ちゃんと泊めてやってもいい。けれどそのかわり、そっちの愛《あい》玩妖精《がんようせい》をわしに譲《ゆず》ってくれ。それで一晩の宿泊《しゅくはく》代を、チャラにしてやるよ」

そう言って宿の主人が視線を向けたのは、シャルだった。

シャルは、表情ひとつ動かさない。ただ軽蔑《けいべつ》したように、宿の主人を見ている。

アンはやっと、宿の主人の思惑《おもわく》が理解できた。

シャルは最高級の宝石みたいなものだ。宿の主人は最初から、シャルがいかに高値で売れるか、値踏《ねぶ》みしていたに違いない。

相手は、小娘《こむすめ》一人。脅《おど》したりすかしたりするのは、造作もない。それで愛玩妖精を取りあげてしまおうと、宿の主人は考えたのだろう。

常識ギリギリの宿賃を、ふっかける。常識の範囲《はんい》であっても、ミスリルの話を聞く限り、アンは支払いできないだろう。万が一訴えられても、ふっかけた金額は常識の範囲と言って、逃げきることが可能だ。

シャルは無表情で、テーブルの下でそっと掌《てのひら》を広げていた。そこに、光の粒《つぶ》が集まり始めている。あまりにも容貌《ようぼう》が美しいために、誰《だれ》もが勘違《かんちが》いするが、彼は愛玩妖精ではない。戦士妖精として売られるほどに、高い戦闘《せんとう》能力がある。シャル自身が作り出す剣《けん》を握れば、十人の人間が束になって襲《おそ》いかかっても、簡単に返り討《う》ちに出来る。

シャルの掌に集まる輝《かがや》きは、その剣を出現させる準備だった。

相手の卑怯《ひきょう》さに、アンはふつふつと怒《いか》りがこみあげてくる。

──シャルを譲れなんて。シャルを、なんだと思ってるの？

そのときドレスの裾が、吹きこんできた冷たい風に、ふわりと広がった。だがその風に注意を向けるほど、心の余裕《よゆう》はない。

シャルだけが冷静に、風が吹きこんできた宿の出入り口の方を見た。わずかに、眉をひそめる。と、彼はなにを思ったのか、ひらりと掌をふると、光の粒を霧散《むさん》させた。剣の出現準備を、やめてしまった。それでも落ち着いた様子で、座ったままだ。

「わかったわよ、あなたの魂胆《こんたん》。でも、おあいにく様！　彼は、わたしが使役《しえき》しているのでもなんでもないの。譲る譲らないなんて、そもそもそんな話は出来ないのよ。彼は自分の意志で行きたいところに行くし、行きたくないところには、行かないから」

アンは、勢いよく平手でテーブルを叩《たた》いた。

「彼をモノみたいにいうのは、許さないわ！」

「そうだぞ！　こいつみたいな根性悪《こんじょうわる》を使役したら、死ぬほど後悔《こうかい》するんだからなっ！」

ミスリルも、彼なりに大まじめに怒鳴《どな》る。

「なにを言ってるんだ、お嬢さん。あんたの言ってることは、わけがわからんよ。とにかく、あんたが持っている愛玩妖精の羽を、こちらに渡《わた》せばいいんだよ」

「わたしはそんなもの、持ってない！　羽はシャルのものよ」

「小娘が、がたがた言わずに、出せ！」

本性をかいま見せ、宿の主人がすごんで、アンに向かって一歩踏み出そうとした。

「そこまで」

金属の響《ひび》きのように硬質《こうしつ》な声が、宿の主人の背後から聞こえた。そしてゆるやかな弧《こ》を描《えが》く銀色の刃《やいば》が、すうっと宿の主人の首もとに突きつけられた。

顔の前に突如《とつじょ》現れた刃に、宿の主人は息を呑《の》む。

「な、なんだ。いったい、なに」

アンも驚《おどろ》いて、宿の主人の背後に目をやった。

ゆるく弧を描く剣を手に、宿の主人の背後に立つのは、褐色《かっしょく》の肌《はだ》に、銀色の瞳《ひとみ》。白い髪《かみ》の青年。猫《ねこ》科の猛獣《もうじゅう》のように、しなやかそうな体。その特徴《とくちょう》のある外見は、忘れようもなかった。

「あ……、あなた。確か、サリムさん……？」

ミスリルも、ぽかんとして褐色の肌の青年を見あげる。

「こんばんは。お久しぶりです。また、会えましたね。アン」

サリムはわずかに笑った。

「あなたがなんで、ここに……。っていうか、あなたが、ここにいるってことは」

その時、背後からいきなり、がっちりと逞《たくま》しい腕《うで》に抱きしめられた。

「よおっ！　久しぶりだな、アン。相変わらず、ごたごたやってるなぁ、おまえは」

陽気な声に仰天《ぎょうてん》し、首だけねじって背後を見る。

「ヒュー!?」

アンを抱きすくめた青年は、おさまりの悪そうな茶の髪を、ぞんざいになでつけている。仕立てはいいが、簡素な上衣《うわぎ》。笑っている茶の瞳には、愛嬌《あいきょう》と一緒《いっしょ》に、野性味もあふれている。

「やっぱり細いし、ちっこいなぁ」

そんなことを言いながら、ヒューはぐしゃぐしゃと、アンの麦の穂色の髪をなで回す。

思いもよらない人物たちの出現に、アンは呆然《ぼうぜん》とする。

しかしシャルは、彼らのことは先刻承知だったらしい。頬杖《ほおづえ》をつき、落ち着いたものだ。

「こんな場所に、のこのこやってくるとは。よほど暇《ひま》らしいな」

嫌味《いやみ》のように言うシャルに、ヒューはにかりと笑ってみせた。

「いやいや。目の回るような忙《いそが》しさの中、とんで来たんだぜ。少しは感激したり、感謝してくれてもいいんじゃないか？　シャル。おまえ、俺たちがここに入ってきたのに気がついたのに、綺麗に無視してくれたよな」

いいながらもヒューは、アンをぎゅうぎゅう締《し》めつけている。

「かかしが折れる。放せ」

「おや？　やきもちか？」

「誰が、誰にだ？」

シャルは、あからさまに不愉快《ふゆかい》そうになる。

ようやくまともに思考が動き始め、アンはぎょっとなった。ヒューの体が、ぴたりと背に密着している。

「わっ！　ヒュー!?　放して！」

じたばた暴れると、ヒューはあっさりと腕を放した。そしてわざとらしく、嘆《なげ》くふりをする。

「おまえら、俺に対する尊敬の念とか、まったくないんだね～」

アンはシャルの傍《かたわ》らに飛んで帰ると、悠然《ゆうぜん》と座ったままの、彼の袖口《そでぐち》を摑《つか》む。

サリムに刃を突《つ》きつけられている宿の主人は、震《ふる》える声で訊《き》いた。

「あ、あんた何者だ。強盗《ごうとう》か……。こ、こんなことしたら、すぐに州公の警備兵に捕《つか》まるぞ」

「州公？　ああ、俺はあのおじ様とは、ちょっとした知り合いだから、大丈夫《だいじょうぶ》だよ」

ヒューは宿の主人の前まで行くと、ふざけた表情を改めた。厳しい顔で、告げる。

「俺はヒュー・マーキュリー。銀砂糖子爵《ししゃく》を名乗っている」

この青年こそが、現在の銀砂糖子爵。ヒュー・マーキュリーだった。

その名を聞いて、宿の主人はさらに青ざめた。

「俺の知り合いのおじ様は、名前をダウニング伯爵《はくしゃく》といってな。ウェストルの治安維持《いじ》に熱心だ。気の弱そうな旅人から所有物を巻きあげる、あくどい宿屋があるって噂《うわさ》に、心を痛めてる。そのおじ様が俺に言って聞かせたのが、『証拠《しょうこ》があがれば、即座《そくざ》に死刑《しけい》にしてくれる』だ」

ヒューはにやりと笑った。

「証人は俺ってことにしたら、まあ、おじ様も文句は言わない。ここで、死刑執行《しっこう》してもな」

室内にいた客たちが、恐《おそ》れるように立ちあがり、壁際《かべぎわ》に逃げる。

宿の主人の足が、震え出す。

「サリム。やれ」

冷たい命令の声に、アンは思わず両手で口もとを押さえた。それでも、かろうじて声が出た。

「そんな、やめてっ!!」

刃が宿の主人の首もとを走った。

主人は、膝《ひざ》から床《ゆか》に倒れこんだ。そのまま、動かなくなる。

「うそ……うそ。いくらなんでも、すぐに処刑なんて……」

呟《つぶや》いたアンも、その場にへたりこみそうになる。その体を、椅子《いす》から立ちあがったシャルの手が、横から支えた。

「かかし。よく見ろ。気を失っているだけだ」

頭の上から、シャルの声が聞こえた。

言われて、倒れた宿の主人を観察する。白目をむいて床にかたっぽの頬をつけて倒れているが、首もとにうっすらと、皮膚《ひふ》が裂《さ》けた傷があるのみ。恐怖《きょうふ》に失神しただけらしい。

今度は安堵《あんど》のために、アンはシャルの腕にしがみついた。

剣を収めるサリムに、ヒューは命じた。

「サリム。近くにいる警備兵を呼んでこい。こいつを引き渡せ。それがすんだら、城に帰る」

サリムは頷《うなず》くと、宿の出入り口から出ていった。それを見送り、ヒューは自分の厳しい気配を散らすように、軽く首を回す。そして再び、アンに向きなおった。

「悪かったな、アン。脅《おど》かしちまって」

「いったい、ヒュー……。どうしてここに？　取り締まり？」

「いいや。実は、俺にそんな権限ないんだよな。所詮《しょせん》、銀砂糖子爵だし」

しれっと言う。

「たまたま遭遇《そうぐう》しちまったから、処理しただけさ。俺は、ウェストルの町に、とんでもなく綺《き》麗《れい》な妖精《ようせい》を連れた、砂糖菓子《がし》職人の娘《むすめ》が現れたって噂を耳にして。どこかの誰《だれ》かさんかもしれないと思って、探しに来ただけだ。特に今夜は雪だ。この雪のなか野宿はしないだろうから、宿をまわれば、簡単に見つかると思った」

そしてヒューは、やけに芝居《しばい》がかった仕草で腰《こし》を折った。

「お探し申し上げましたよ、アン・ハルフォード嬢《じょう》。シルバーウェストル城にご招待します」

二章　フィラックス公のお召し

窓の外に張り出した、四階のバルコニー。そこに立ち、アンは思わず声に出した。

「すごい」

ぼんやりと暗く沈《しず》んだ森。それに囲まれた、黒い鏡のような湖面。薄暗《うすぐら》い夕暮れの森に、雪が静かに降り続ける風景は、人の気配を拒絶《きょぜつ》するかのようで厳《おごそ》かだった。

アンは今まで、森や湖をこんな高い位置から見おろしたことがなかった。足もとを覗《のぞ》きこむと、頭のてっぺんから、なにかがすうっと抜《ぬ》け出すような、そんな恐ろしさも感じる。

バルコニーの寒さに比べて、部屋の中は春のような暖かさだった。

室内には暖炉《だんろ》があり、そこにはたっぷり薪《まき》がくべられている。アンが四人並んで横になれそうな広いベッド。その四隅《よすみ》には柱があり、重量感のある天蓋《てんがい》がつけられている。

バルコニーから部屋に戻《もど》ると、ベッドを見あげたり見おろしたりして、半ば呆《あき》れて呟く。

「貴族って……こんなに大きなベッド、いったい何人で寝る気？　そもそもお部屋の中に置いてあるのに、ベッドに天蓋は必要なの？」

日が暮れる直前。アンたちはヒューとともに、うらぶれた宿屋を出た。

そして箱形馬車を操《あやつ》りながら、サリムの馬に先導され、シルバーウェストル城に向かった。

ヒューが、アンたちを城に招待したいと言い出したときは、仰天した。どうして彼が、わざわざアンを探し出し、城にまで招待してくれるのか。その真意をはかりかねた。

だがヒューの申し出は、受けることにした。正直、ありがたかった。

ウェストルの町は、ゆるやかな傾斜《けいしゃ》地に広がっている。その斜面の一番上は開けた台地になっており、そこには天然の湖があった。湖をはさんで黒と白、色彩《しきさい》の差こそあれ、そっくりな姿で建っているウェストル城とシルバーウェストル城。

台地の森と湖を、城の景観に取りこんだ一対《いっつい》の城は、洗練された建造物だった。

この一対の城は新しかった。十五年前の内戦後に、造られたということだ。そのため門には、戦《いくさ》に必要な、いかつい落とし格子《ごうし》などもない。

権威《けんい》の象徴《しょうちょう》として、そして、城主が快適に住むことを目的に造られた城だ。

生まれてから十五年、放浪《ほうろう》生活をしていたアンには縁《えん》のない世界だった。城をこれほど間近に見たことはなく、その大きさに圧倒《あっとう》された。

アンは促《うなが》されるままに城門を抜け、城の外郭《がいかく》に入った。そこで箱形馬車を預けた。

さらにもう一つ門を抜けると、城の中郭。中郭には天守が聳《そび》えている。天守の外壁《がいへき》の石には磨《みが》きがかけられており、すべすべしている。それが白亜《はくあ》の天守を、とても綺麗に見せていた。

天守にはいると、アンとシャルとミスリル、それぞれに部屋が割り当てられた。

三人はいつも、お互《たが》いの顔が見える場所に寝ていた。だから別々の部屋に案内されたときは、すこし心細かった。けれどシャルは、アンのとなりの部屋だ。ミスリルは、またそのとなり。

寂《さみ》しがることはない。そう自分にいいきかせて、部屋に入った。

「不足しているものは、ありませんか？　あれば、おもちしますよ」

声をかけてきたのは、子供の背丈《せたけ》ほどの大きさで、きりっとした雰囲気《ふんいき》の、成人女性の姿をした妖精だった。彼女はアンと一緒に部屋に入ってくると、一番に温かいお茶を淹《い》れてくれた。

お茶はすっきりとした香《かお》りの乾燥《かんそう》ハーブ茶で、とてもおいしかった。

アンが暮らすこのハイランド王国には、妖精が住んでいる。彼らは自然に生まれ、背に二枚の羽を持っている。特別な能力を操る者もいる。しかし現在の妖精たちは、不幸だった。

人間は彼らを捕まえると、労働力として使役《しえき》するのだ。妖精の命の源である羽を片方もぎ取り、その羽を握っていることで妖精を脅《おど》し、意のままに動かす。

そうやって妖精を使役することを、アンはしたくない。だからシャルもミスリルも、彼女にとっては、対等な立場の友達だった。

妖精は暖炉に薪をくべようと、身をかがめた。重そうに、両手で薪を持ちあげる。

アンは慌《あわ》てて、彼女に駆《か》け寄った。

「待って、いいわ。わたし、自分で出来る」

「いいんです。私の仕事ですから」

「でも、どう見てもわたしの方が、十倍は力がありそうだものね。力の強い者が働かなきゃ」

妖精の手から薪を取りあげると、彼女はきょとんとした。その後に、ぷっと笑った。

「おかしな方ですね」

「え、そう？　これって適材適所とか、言うんじゃない？」

暖炉に薪をくべながら、アンは問い返した。妖精は苦笑《くしょう》する。

「それは、ちょっと使い方が違《ちが》う気もしますけど。でも、羨《うらや》ましいですね、彼ら」

妖精が言う彼らとは、シャルとミスリルのことだろう。

シャルもミスリルも、背にある羽は一枚だ。だが背から取られたもう一枚は、彼ら自身が持っている。彼らは自由の身なのだ。

アンは、申し訳ない気持ちになる。一人、二人の妖精を自由にしてあげることは出来ても、それが限界だ。世の中にたくさんいる妖精全部を、助けてあげることは出来ない。

「わたしがお金持ちで、ヒューから、あなたの羽を買い戻してあげられればいいんだけど」

「いいえ。子爵様はよいご主人ですし、私はここの暮らしに満足していますから。ただあなたのような方と旅をするのは、羨ましいと思っただけなんです。他《ほか》に御用《ごよう》は？」

「ないわ。本当に大丈夫《だいじょうぶ》。ありがとう」

妖精はにこにこしながら、「御用があれば、ベルの紐《ひも》を引いてくださいね」と言って、出ていった。

妖精が出ていって、アンはぽつねんと、ひとりぼっちになってしまった。部屋が広すぎる。

そっと遠慮《えんりょ》がちにベッドに腰かけ、となりの部屋の物音に聞き耳を立てる。

――シャル、なにしてるのかな？　覗きに行っちゃおうかな。

シャルと出会ってから、二ヶ月半あまり。アンは彼の言葉や仕草を、つい気にしてしまう。

こうやって姿が見えないと、なんだかそわそわする。

そもそも。先の品評会の直後に、シャルがアンの指先に口づけなんかしたのが悪かったと、アンは思う。シャルが、なんのつもりであんなことをしてくれたのか。理由が、わからない。理由を訊《き》こうにも、そんな質問は恥《は》ずかしくて出来ない。

とにかく、口づけされた時に胸にわきあがった甘い震《ふる》えが、まだ体の芯《しん》に残っているのだ。ときおり思い出したように、その感覚が甦《よみがえ》る。それが困る。

ベッドの上によじのぼる。不審《ふしん》者よろしく、となりとの境の壁《かべ》に、ぴたりと耳をくっつけた。しばし、気配を窺《うかが》う。すると。

「なにか聞こえるか？」

背後から、誰《だれ》かに訊かれた。無意識に答えかける。

「ううん。いやに静かで……って、わぁ！」

危《あや》うく、ベッドから転げ落ちそうになった。その腕《うで》を摑《つか》んだのは、シャルだ。

アンはベッドの上に半ば寝ころぶようになり、シャルに見おろされる。彼の黒髪《くろかみ》が、アンの頰《ほお》にさらりと触《ふ》れた。

「なにをしている」

「べべ、べつに。なにも」

冷や汗《あせ》をかきつつ、アンの耳は赤くなる。それを見て、ベッドの上に片膝《かたひざ》をついたシャルは、意地悪そうにくすりと笑った。

「一人部屋は、寂《さび》しいか？」

「そんな、子供じゃないんだし」

「ベッドは広い。一緒《いっしょ》に寝てやるぞ」

甘い声で囁《ささや》かれたのは、たちの悪い冗談《じょうだん》だと分かっていた。だがそう言われるだけで、かっと頬が熱くなる。

「いい！　遠慮しとく、結構です！　っていうか、なんでシャルがここに!?」

掴まれた腕を強引《ごういん》にほどき、シャルを押しのける。彼の手が届かないように、そのままベッドの上を這《は》いずるように逃げた。シャルは面白《おもしろ》そうな表情で、ベッドからおりる。

「部屋に入るとき、心細そうな顔をしてたからな。寂しがって泣いている顔を、見物にきた」

「泣いてないわよ。寂しがってもないし」

強がりながら、ベッドの端《はし》まで逃げた。そこに座り直す。

「それなら、今のは？」

「あれは……、その。あんまりにもお城が立派だから。壁の手触《てざわ》りを……」

微妙《びみょう》に視線をそらしながら、苦しい言い訳をする。

シャルはにっと笑う。アンの考えなど、深く黒い瞳《ひとみ》に、全《すべ》て見透《みす》かされていそうだった。

自分が彼のことばかり気にしているのを、気がつかれていないだろうか。もし、気がついてたらと考えると、とてつもなく恥ずかしかった。

シャルはきびすをかえすと、部屋の中央に歩いていった。まるで自分の城のように慣れた様子で、そこに置かれた長椅子《ながいす》にゆったりと腰《こし》かける。肘掛《ひじか》けに体重を預ける。

仕草の優雅《ゆうが》さは、この贅沢《ぜいたく》な部屋に、当然、居るべくして居るといったふうだった。

「シャルはお城に、びっくりしないのね。到着《とうちゃく》したときから、あんまり感動してないみたいだったけど。ミスリル・リッド・ポッドもわたしも、大きさにびっくりしっぱなしなのに」

話題をそらすために、言葉を継《つ》いだ。

「城の造りは、どれも似てる」

「シャルは、お城に行ったことがあるの？」

「十五年ばかり、住んでた。百年前も今も、つくりは大差がない」

「それ……」

突然《とつぜん》、胸のあたりに、冷たい空気を吸い込んだように感じた。

——それは、リズという女の子と住んでいた城？

一度だけ、シャルは自分の過去を、アンに話してくれたことがある。

妖精《ようせい》はあらゆるもの、例えば水滴《すいてき》や花や木の実や貴石、それらのエネルギーが、それを見つめる生き物の視線で凝縮《ぎょうしゅく》されて生まれる。

シャルは黒曜石のエネルギーが、一人の女の子の視線によって凝縮されて、生まれたのだという。少女はエリザベスという名前の、五歳の女の子だったらしい。彼女は貴族の娘《むすめ》で、シャルを自分の屋敷《やしき》に連れ帰ってかくまったという。それから十五年。シャルは彼女とともに過ごした。だが彼女は、人間の手により殺されてしまったということだ。

シャルはエリザベスのことを、愛称《あいしょう》の「リズ」と呼んだ。それだけで、その少女とシャルが、どれほど親密だったか分かった気がした。

「なんだ？」

急に黙《だま》り込んだアンに、シャルが不審げに問う。それでアンははっとして、微笑もうとした。

「あ、うん……。ただ、それ」

十五年シャルが住んでいた城は、リズと住んだ場所なの？　と、軽く訊こうとした。

だが、言葉が続かなかった。自分でも意外なほど、動揺《どうよう》していた。

今まですっかり忘れていた傷のかさぶたが、なにかの拍子《ひょうし》に剥《は》がれてしまったような感じだ。

「どうした」

「え、と。別に……」

リズのことを考えると、胸が苦しくなる。どうしてこんな気持ちになるのか、不思議だった。

じっとこちらを見つめるシャルの視線から、逃げ出したい気分におそわれる。

そのとき、扉《とびら》をノックする音がした。

「あ……、はい！」

天の助けとばかりに、アンは座っていたベッドの上から飛び降りた。扉に向かって走る。

扉を開くと、そこにいたのはヒューだった。

「どうだ。部屋の居心地《いごこち》は」

「あ、ヒュー。ありがとう。ものすごく快適。豪華《ごうか》すぎて、身の置き場がないくらい」

するとヒューはからからと笑った。扉に腕をかけ、アンを見おろす。

「一晩寝《ね》れば、慣れるさ。人間、過酷《かこく》な環境《かんきょう》に適応するのは難しいが、快適な環境にはすぐに慣れちまうからな。それはそうと、アン」

ずいとアンの顔を覗《のぞ》きこむと、彼は内緒話《ないしょばなし》をするように囁いた。

「アンに、見せたいものがある。ついてきてくれないか？　シャルやミスリルは、連れて行けない場所だ。おまえだけ連れて行く。と言っても、城の中だからな。たいした時間はかからない。夕食が準備できるまでの、時間つぶしだ」

すぐにでも、アンはシャルの視線から逃《のが》れたかった。一も二もなく、頷《うなず》いた。

「行く。すぐに？」

「ああ」

アンは部屋の中をふり返りながらも、シャルと視線が合わないようにした。

「シャル。ヒューが、なにか見せたいものがあるんだって。ちょっと行ってくる」

アンは急いで部屋を出て、後ろ手に扉を閉めた。部屋を出ると、ほっとした。

ほっとすると、これからどこへ連れて行かれるのか気になった。

前を歩きはじめた、たくましい背中を追いかける。

「見せたいものってなに？」

「見てのお楽しみだ」

ちらりとふり返り、かすかに笑いながらヒューは答えた。

「なんだろう。想像もつかないけど……と、あ、そうだ。想像もつかないで、思い出した！」

少し足を速めて、ヒューに並ぶ。

「ウェストルに来る前。ルイストンで、キャットっていう銀砂糖師の人にお世話になったの。ヒューの知り合いなのよね？　会うことがあったら、よろしく伝えてくれって言われたの」

そう訊くと、ヒューは意外そうな顔をした。

「キャットに？　へぇ、そうか。あいつ、元気なんだな。でも、あいつのことだ。俺への伝言は『よろしく』じゃなくて、『くたばれ』か『ボケなす野郎《やろう》』のどっちかだろう」

「ま、まあね……。でも、変わってたけど、キャットはいい人だった。ケープをもらった」

「あいつのケープなら、一級品だろうな。いいものをせしめたじゃないか」

天守の中央には、螺旋状《らせんじょう》に廻《めぐ》らされた階段があり、各階を行き来できる構造になっている。一階まで螺旋階段を降りきる。そして出入り口のホールと直結している廊下《ろうか》を、奥へと進んだ。廊下は最奥《さいおう》で壁に突《つ》き当たり、左右に分かれて続いている。

ヒューが立ち止まったのは、その廊下の突き当たり。壁の前だ。

壁面《へきめん》に、片開きの扉がはめ込まれていた。

「ここだ。普段《ふだん》は俺しか入らない。他《ほか》の人間は、入れさせないと言ったほうがいいかな」

扉を開くと、ひやりとした地下室特有の空気が吹《ふ》きあがってきた。

扉の向こうは、すぐに細い階段になっている。壁に沿って、地下に向かって続いていた。

ヒューは階段脇《わき》の壁《かべ》に作られた窪《くぼ》みから、ランプを取り出した。火をつけると、それを掲《かか》げて階段を降りる。

「悪いな。昼間なら、もっと明るいんだが」

階段を二十段ばかり降りると、そこは円形の部屋になっていた。

ちょろちょろと、水が流れ落ちる音が響《ひび》いている。

ヒューはランプを持って、円形の壁に沿って歩き出した。壁には等間隔《とうかんかく》に、ランプが設置されているらしい。順次そのランプに、自分が持っているランプの火を移していく。

ヒューが円形の壁を一周廻《まわ》り終えると、壁面には八個ものランプが灯《とも》っていた。

「これ……」

ランプに照らし出された円形の室内の様子に、アンは目を見張った。

部屋の中央には、大人が両手を広げて三人並べるほどの、広い石の作業台が設置されていた。円形の壁には、ぐるりと窪みが作られ、それが色粉を並べる棚《たな》になっていた。

色粉を保存しているガラス瓶《びん》の数は、千ではきかない。おびただしい数だ。

壁の一部には切れ目があり、陶器《とうき》の管が差しこまれていた。そこから地下水と思われる、澄《す》んだ水が途切《とぎ》れることなく流れ出ている。流れ出た水は水瓶《みずがめ》で受け、あふれた水は、部屋の外周に掘《ほ》られた溝《みぞ》を通り、外へ出ていく仕組みになっている。

見あげると、天井《てんじょう》はない。暗い空間が上へ上へと続いているのみ。

おそらくここは、天守に付属している塔《とう》の一つで、内部を地下から塔の先端《せんたん》まで、ぶち抜《ぬ》きにしてあるのだ。頭上より高い位置に、いくつも窓らしき枠《わく》が見えた。

昼間であればそれらの窓から、この作業場に向かって光が降りそそぐ趣向《しゅこう》なのだろう。

「いいの？　ヒュー？」

思わず、訊《き》いた。

ここは銀砂糖子爵《ししゃく》の作業場だ。

アンのような普通《ふつう》の砂糖菓子職人でさえ、自分の作業場は神聖なものだと信じている。銀砂糖子爵の作業場ともなれば、国教会《こっきょうかい》の本拠地《ほんきょち》、聖ルイストン・ベル教会の祭壇《さいだん》にも等しい。

ここは王家のための砂糖菓子を作る場所。

最も神聖であるがゆえに、最も強大な幸福を生むべき場所。

そのせいだろうか。地下室であるが、陰気《いんき》さよりも、厳《おごそ》かな空気が強い。

石壁にしみこんだ、銀砂糖子爵の思いや力。それらが、空洞《くうどう》の塔を満たしているようだ。

作業台の上には、作りかけの巨大《きょだい》な砂糖菓子があった。

ヒューの背丈《せたけ》に届く、巨大な獅子《しし》。荒削《あらけず》りと思われるほどの、大胆《だいたん》な構図と表現だった。

けして写実的ではないし、細かな細工がしてあるわけでもない。しかし単なる、おおざっぱさではない。完璧《かんぺき》に仕立てられた全体のバランスを見れば、それは明らかだ。荒波が渦《うず》を巻くような毛並みの表現は、猛《たけ》り狂う海から飛び出した伝説の獣《けもの》のようにすら見える。

力が、みなぎっていた。作り手の強さを物語る砂糖菓子だ。

無意識にアンは、石の作業台に置かれた作品に近づいた。

「すごい。力がある、これ」

ヒューは、アンのとなりに立った。

「まあな。国王陛下の誕生祝いのための砂糖菓子だ。強くなくちゃな」

感嘆《かんたん》の目で、アンはヒューを見あげた。

「すごい。これに比べたら、わたしの作ったものなんか……小手先の、子供だましみたい」

「そう悲観したもんじゃない。俺がなんで、アンをここに連れてきたか。分かるか？」

「どうして？」

「おまえは、もっといい砂糖菓子職人になれる。銀砂糖師になって、その中でも指折りの職人になれる。俺はそう思っているし、期待してる。だからここを見せたかった」

「ほめてくれるのは、嬉《うれ》しい。けど。そんなにいい職人になれるかな？　努力はするけど……」

ヒューは体をかがめて、アンの顔を覗きこんだ。確固とした意志を持つ茶色の瞳《ひとみ》が、アンの顔を映していた。

「俺は信じてる。俺の目を節穴だと思うか？」

「そんなこと思ってないけど。でも、現実的に」

「十五歳の女の子が、一人で生きていくのは大変だ。今はまだシャルがいるが、奴《やつ》がいなければ、命も危《あや》ういだろうな。そんな生活をしながら腕《うで》を磨《みが》くなんてことは、かなり難しい。おまえの力は、日々を生き抜くために使い果たされるかもしれない。俺はそれを、勿体《もったい》ないと思う。だから実は、品評会の後から、ずっと気になっていた。おまえがウェストルに来ているらしいと聞いたときに、これは神の導きだろうと思って、おまえを探した。おまえに提案をしたいと思ってな。アン」

「提案？」

「砂糖菓子品評会で王家勲章《くんしょう》を授《さず》かるまでの間、この城に滞在《たいざい》しろ。その間は、俺が面倒《めんどう》を見てやる。そして銀砂糖師になったあかつきには、マーキュリー工房《こうぼう》派に入れ。俺の助手として仕事を与《あた》えてやる」

提案の内容が、ゆっくりとアンの頭の中にしみこんできた。

要するにヒューは、アンを無条件に養ってくれると言っている。しかも何年かかるのか分からない、銀砂糖師になれるまでの期間。

それだけでも驚《おどろ》きだが、その後、ヒューの助手としての仕事まで保障してくれるという。

これ以上、アンにとっていい話はない。あまりにも好条件過ぎて、恐《おそ》ろしいくらいだ。

しかしヒューの人柄《ひとがら》や地位を考えれば、おかしな裏があるとも思えない。彼は純粋《じゅんすい》に、アンの砂糖菓子職人としての資質を買ってくれているのだろう。

だが。ふとアンは、さっきまで自分がいた豪華《ごうか》な部屋を思い出す。

――あんな場所に慣れたら、一生、そこから離《はな》れられなくなるかも。

その考えは、アンをぞっとさせた。

自分が強く生きるための気力が、満ち足りた生活で、根こそぎ奪《うば》われそうな予感がする。

日々の衣食住を心配しながら、必死に歩き続ける生活を捨てる。そして砂糖菓子のことだけを考える、豊かな生活をする。それも生き方かもしれなかった。しかし。

——そんな生活を選ぶの？　自分の力じゃなく、誰《だれ》かの力を借りて？

それは、どこかふわふわとした人生で、頼《たよ》りない。

十五年、母親とともに国中を流れ歩いた。生活の苦労も厳しさも、楽しさも知っている。そんなアンにとっては、ヒューに養ってもらう生活は、なにかが欠落した生き方に思える。

「すごくありがたい。ありがとうヒュー。でも、いい。遠慮《えんりょ》しとく」

「なぜだ？　なにが不満だ？」

優《やさ》しくあやすように、ヒューは訊いた。

「なんていうか……自分の足で歩きたいの。自分の力でもないのに、そんな生き方をしたら、とことん怠《なま》け者になる。だから、なにが不満って訊かれたら。不満がないことが、不満なの」

それを聞いたヒューは、きょとんとしていた。が、次にはぷっと吹き出した。

「まったく、おまえは！　面白《おもしろ》い奴だよ！」

折っていた膝《ひざ》を伸《の》ばすと、ヒューは体をそらすようにしてげらげらと笑いだした。そしてアンの頭を、ついでとばかりにぐしゃぐしゃと撫《な》でた。


——さっきのは、なんだ？

逃げるようにして部屋を出ていったアンの態度に、シャルは首を傾《かし》げる。

子供っぽく聞き耳など立てていたところを見つかって、赤くなったり青くなったりしていたかと思うと、突然《とつぜん》、殴《なぐ》られでもしたかのように、表情をなくした。

不審《ふしん》なアンの態度について考えていると、程《ほど》なくして、アンが帰ってきた。

部屋に入ってきたアンは、戸口で一瞬《いっしゅん》立ち止まった。シャルを見て驚いたような顔をする。

「まだいたんだ、シャル。もうすぐ夕食だって、ヒューが言ってたわよ」

少しぎこちないような気はしたが、アンはいつもどおりの笑顔《えがお》で告げた。そしてシャルの前に置かれた椅子《いす》に来ると、ちょこんと座った。

「ねぇ、シャル。考えたんだけど。明日ここを出発して、ルイストンに行くのって、どうかな？」

「ルイストン？」

「うん。ルイストンは銀砂糖師がたくさんお店を構えているから、普段《ふだん》は競争が激しいじゃない？　だから北上して、ウェストルまで来たんだけど。昇魂日《ブル・ソウル・デイ》が近づいてるでしょう？　昇魂日にはたくさんの砂糖菓子《がし》の需要《じゅよう》があるから、人口の多いルイストンだと、供給が追いつかないこともあるって、昔、ママが言っていたことがあるの。もしそうなったなら、わたしみたいな無名の砂糖菓子職人からでも、砂糖菓子を買ってくれる人はたくさんいるんじゃないかと思うんだけど」

「可能性があるなら、行けばいい。俺はどこへでも行く」

「よかった！　じゃ、ミスリルにも、相談してくる」

嬉しそうに言うと、アンは椅子から立ちあがり、部屋を出ていった。

その様子には、いつもと変わったところはなかった。先刻の不審な態度は、シャルの思い過ごしかもしれないと感じた。

シャルも、アンの部屋を出て、自分に割り当てられた部屋に向かった。

部屋の扉《とびら》を開いたシャルは、その場で立ち止まった。室内に、侵入者《しんにゅうしゃ》がいたのだ。

「よぉ！　お帰り！」

部屋の中には、ヒューがいた。くつろいだ様子で、椅子に座っていた。シャルに向かって、手をあげる。

「まあまあ、遠慮無く入れよ。俺の城だが、本日の部屋の主《あるじ》はおまえだからな。シャル」

言われてシャルは、いぶかしみながらも部屋に入った。

「なんのようだ？」

腕組《うでぐ》みして、ヒューを見おろす。

「相談があってきた。アンのことだ。聞いてくれるか？」

シャルは目顔で、先を続けるように促《うなが》す。ヒューは続けた。

「実は俺は、アンが銀砂糖師になれるまで、彼女の面倒を見ようと思っている。アンはこの城にとどまって、腕を磨く。そして銀砂糖師になれば、その後は俺の助手として雇《やと》いたい。そのことをさっき、アンに話したんだがな」

「あいつは、『お願いします』とは言わなかったはずだ」

そんな提案に飛びつくような少女だったなら、そもそも、シャルと出会うこともなかったろう。アンがよろこんで提案に乗るとは思えない。

「そのとおり。自分の力でもないのに、そんな生活は出来ないとな。俺も、アンの意志は尊重してやりたいとは思う。だが事実、アンの環境《かんきょう》は過酷《かこく》だ。それは、認めるだろう？　そんな暮らしをして、あいつの資質が潰《つぶ》れるのを、俺は同じ職人として惜《お》しいと思う。だから、相談に来たんだ。アンをなんとか、この城にとどめておけないものかとな」

「あいつを口説きたいなら、あいつの所に行け」

アンの部屋の方に向かって、顎《あご》をしゃくった。が、ヒューは顔の前で手をふる。

「だめだめ。直接口説いても絶対に無理だ。だからここに来た。シャル。おまえがいなくなれば、いいんじゃないかと思ってね」

ヒューの言葉に、眉根《まゆね》を寄せる。

「どういう意味だ？」

「アンが自分の力で生きていこうとしているのは、結局、おまえがいるからだ。十五歳の女の子が一人旅をすれば、どんな危険に見舞《みま》われるか。ずっと旅暮らしをしてきたアンには、よく分かっているはずだ。おまえがいるから、アンは安全に旅が出来る。だからおまえがいなくなれば、俺の提案を受けいれる余地が、出来るんじゃないかと思うんだがな」

「あいつは俺に出会う前に、一人で旅に出た。俺がいようがいまいが、旅をするはずだ」

「いや。人間は一度手に入れたものが無くなったときは、手に入れる前と、同じになったとは思わない。喪失感《そうしつかん》に、以前以上に、なにかを無くしたと感じて、気弱になるものさ」

にやりと、ヒューは笑った。

その笑いに、シャルは胸の奥で、なにかがくすぶるのを感じた。

「俺がいることで、あいつがあいつの意志を通せるなら、俺は離れない」

「羽を返してくれたから、アンに恩義を感じているのか？　もし恩義を感じているなら、それこそアンが安全な生活を選び取れるように、おまえが消えてやればいい」

「恩を感じているわけじゃない。ただ、俺には他《ほか》に、やることもない。それなら、必要とされるところにいる。それだけだ」

「アン以外にも、おまえの能力を必要とする奴はいるはずだ。それこそ、おまえの同族の妖精《ようせい》にもな。わざわざ、人間のアンにこだわる必要はない。なぜアンにこだわる？」

——なぜ……？

問われて、答えられなかった。

先の砂糖菓子品評会のあと、シャルは自分で、アンと一緒《いっしょ》に行こうと決めた。そして彼女の指先からする、銀砂糖の香《かお》りに惹《ひ》きつけられるように、その指に口づけした。

あの時、必要とされていると感じたのは事実だ。だが彼女に必要とされているからといって、それに応《こた》える義務は、シャルにはなかったはずだ。

けれど、一緒に行くと決めた。その理由はと改めて訊《き》かれると、どうしてなのか。

自分でも分からない。あの時はただ、そう思った。そうとしか言えない。

ヒューの視線は、シャルを追いつめる。胸の中にくすぶるものが、はっきりとした怒りになる。なぜこんな質問を突《つ》きつけるのか、理不尽《りふじん》に感じる。

「答える必要はない。出ていけ」

静かに出入り口の扉を指さすと、ヒューは肩《かた》をすくめる。

「簡単に了解《りょうかい》してくれるかと思ってたが、俺の読みが甘かったな」

ひょうひょうとした態度で、ヒューは部屋を出ていった。彼が出ていった扉を、睨《にら》みつける。

自分が混乱していることが、不愉快《ふゆかい》だった。


翌日。アンは、シャルとミスリルとともに、シルバーウェストル城を出た。

道々宿場町に寄り、安価な砂糖菓子をわずかばかり売った。その稼《かせ》ぎでなんとか宿を取った。

そして三日をかけて、ルイストンに到着《とうちゃく》した。

ルイストンは、ウェストルの南。ウェストルよりも少し暖かく感じたが、それでも野宿できるほどではない。

王都の西の外れにある風見鶏亭《かざみどりてい》という安宿に部屋を取り、翌日からは市場に出向いた。

ルイストンの市場は、三つある。最も大きな市場は、王城の西に立つ。

王城の西門に続く通りは、王都の中で二番目に幅《はば》が広い。

通りの左右を埋《う》めるのは、間口の狭《せま》い商店だ。店先の庇《ひさし》を差し交《か》わすほどに、密集している。商店の群れと平行して、昼間は、獣脂《じゅうし》を塗《ぬ》った布製のテントが並ぶ。人々は商店とテント、テントと商店。それらの隙間《すきま》を縫《ぬ》うようにして、買い物をする。物売りの甲高《かんだか》い声や、喧嘩《けんか》の怒鳴《どな》り声、笑い声や、冗談《じょうだん》をかわしあう声。それらが寄り合わされて、空気の中に膨《ふく》れあがっていた。

国一番の賑《にぎ》わいと噂《うわさ》に高い、ルイストン西の市場。

商店がほとんど途切《とぎ》れてしまう、王城の西門から最も離《はな》れた場所。アンはそこにいた。

箱形馬車の前に小さな台を置き、白い布をかけていた。その上に、アンが作った砂糖菓子の作品が、五つほど並ぶ。砂糖菓子の横には、胡座《あぐら》をかいてミスリルが腰《こし》を下ろす。

箱形馬車の荷台の壁面《へきめん》には、製材所で分けてもらった、半端《はんぱ》な木の板をかけた。板には『砂糖菓子　制作　承《うけたまわ》ります』と、染料《せんりょう》で書いている。

ぽつりぽつりと、足を止めてくれる客はいる。けれど砂糖菓子を作るのが、店番をしている痩《や》せっぽちの女の子なのだと知って、たいがいの人は胡散臭《うさんくさ》そうな顔になる。

目の前を流れる人の群れをぼんやり見つめながら、アンはただ、立ちっぱなしだった。

今日で二日目。昨日は「検討する」と言ってくれた客が、五人ばかりいた。

しかし正式な砂糖菓子の注文は、まだない。

「せっかく市場組合に、五バインも場所代を払《はら》ったのにな」

言いながら自分の着ているドレスを見おろして、自分が他人の目にどう映るか考える。

「もっと大人っぽく見えないと、だめかな。ママのドレスとか、着ちゃおうかな」

「大人がいいなら、シャル・フェン・シャルを立たせようぜ。あの怠《なま》け者を、働かせよう！」

　ミスリルがやる気満々で、アンを見あげる。

「それは、どうかな。そんなことしたら、砂糖菓子よりもシャルを売ってくれとか、馬鹿《ばか》なことを言い出す人がいるに決まってるし」

　シャルは、御者台《ぎょしゃだい》の上に寝《ね》ころんでいる。彼なりの処世術なのだろう。人目の多いところではなるべくそうやって、人の視線をさけているようだった。

「ちょっと、これ。あんたが作ったのか？」

　通りかかった壮年《そうねん》の男が、ふと、砂糖菓子を並べた台の前に立ち止まった。

「あ、はい。そうですけど」

「いいできだな。いくらで作る？」

　ひやかしでないことが、男の口調から分かった。アンは気持ちが弾《はず》んだ。

「そこにある程度のものなら、五十バインで。もう一回り大きければ、一クレスです」

「もう一回り大きなものの見本は、あるかい？」

「ええ。荷台の中にありますから、すぐに持ってきます！」

　そう言って箱形馬車の荷台扉《とびら》に向かって、きびすを返したときだった。

「おい、あれ。あの女。品評会の女じゃないか？」

　若い男の声が、すぐ近くで聞こえた。声の方を見ると、五、六人の職人風の若者の一団が、アンを指さしていた。その一団の中には、見覚えのある顔があった。

「……え……ジョナス？」

一瞬《いっしゅん》、他人のそら似かと思った。ジョナスは酒を飲んでいるらしく、頬《ほお》が赤い。そのために か、穏《おだ》やかで育ちの良さそうな顔が、本来の彼よりも、どことなく締《し》まりなく見えたのだ。

「おい、ジョナス。あの女だろう？　砂糖菓子《がし》品評会の」

仲間の一人に問われ、ジョナスのとろりと眠《ねむ》そうな青い瞳《ひとみ》が、アンの顔に焦点《しょうてん》を結ぶ。

「あれ、なぁんだ。うん、そうだよ」

目があうと、ジョナスは笑って、隣《となり》にいた若者の肩を叩《たた》いた。

「間違《まちが》いないよ。この子が、アンだ」

「へぇ、こいつがね」

「ジョナス様！　もう、そんな娘《むすめ》にかかわるのは、およしになったほうがよろしいです！」

ジョナスの背後から、甲高い声がした。

「あっちへ参りましょう、ね、ジョナス様！　ジョナス様！」

そう言って、ジョナスのズボンの裾《すそ》を必死にひっぱっているのは、ジョナスが使役《しえき》している労働妖精キャシーだった。キャシーと、視線が合った。すると彼女は、アンがなにか悪さをしたかのように、気の強そうな目できっと睨んだ。

「ジョナス様！」

「うるさいな、こいつ。ジョナス、黙《だま》らせろ。おまえの妖精だろう」

仲間の一人に言われ、ジョナスはきつく命じた。

「キャシー。黙れ。罰《ばつ》を受けたいのか」

そう言われ、キャシーは唇《くちびる》を噛《か》みながらも、手を離す。

酒臭《さけくさ》い若者たちの一団は、にやにやしながらアンの周囲に寄ってきた。すると今までアンの砂糖菓子に興味を持っていた客は、鼻白んだ様子で、すいとその場を離れてしまった。

「あっ……待ってくださ……」

立ち去る客に、声をかけようとした。それを遮《さえぎ》るように、若者の一人が立ちはだかる。

「なんだよ、おまえら！　俺が相手になってやるぞ！」

ミスリルが、かっとしたように立ちあがる。若者たちがうるさそうに顔をしかめた。

「相手はわたしよ、ジョナス！」

アンは慌《あわ》てて、ミスリルを庇《かば》うために、台の前に立ちふさがった。

「昼間からお酒を飲んでるの？　ジョナス。修業《しゅぎょう》もしないで」

「修業？　してるよ。今日は息抜《いきぬ》きだよ。修業は厳しいよ。砂糖菓子品評会で君にはめられちゃったせいで、ものすごく、しごかれているよ」

その言葉に、アンはムッとした。

「わたしがいつ、ジョナスをはめたって言うの？　卑怯《ひきょう》な真似《まね》をしたのは、そっちでしょ」

およそ二ヶ月前。砂糖菓子品評会の直前、アンは目の前の青年、ジョナスに品評会用の作品を奪《うば》われた。結局そのせいで、銀砂糖師になる機会が、一回ふいになったも同然なのだ。

「こんなこと言わせといちゃだめだろう、な、ジョナス」

若者たちが、アンを取り囲む輪をゆっくり狭《せば》める。

「ジョナスと同じ、ラドクリフ工房《こうぼう》派所属の職人としちゃ、黙ってらんないなぁ」

「では、どうすると?」

冷え冷えとした問いが、若者たちの背後から発せられた。

殺気を含《ふく》んだそれに、彼らはぎょっとしたらしく、ふり返る。

そこに、シャルがいた。彼は雑草をかきわけるように、造作もなく若者たちの輪を壊《こわ》し、アンの前に立った。

「どうすると、訊いているんだ」

「なんだって、この……」

若者の一人が、呻《うめ》く。しかし喧嘩を挑《いど》む度胸はないらしい。こちらを睨《にら》むばかりだ。

周囲を行く人々が、彼らの剣呑《けんのん》な雰囲気《ふんいき》と、シャルの姿を目に留める。次々と立ち止まった。

いつの間にか、人垣《ひとがき》ができていた。それを知ったジョナスが、ちらりと周囲に目をやった。

「どうするつもりもないよ、ねぇ、みんな! 僕たちはまっとうな職人だからね。こんなインチキ職人がいるってことを、町の人たちに知らせたいだけなんだよ」

野次馬《やじうま》たちにおもねるように、ジョナスは笑った。

「みんなだって、騙《だま》されちゃたまったもんじゃないでしょ。せっかくの昇 魂 日《ブル・ソウル・デイ》の砂糖菓子を、こんな穢《けが》れた職人の手で作られたら、死んだ人は浮《う》かばれませんしね」

「インチキとか穢れてるとか、根も葉もないこと言うのはよして！」

たまらず怒鳴ったアンに向かって、ジョナスはわざと、呆《あき》れたような顔をしてみせる。

「根も葉もなくないさ。周りのみなさんも、この娘の顔を見たことがあるって人が、いるんじゃないですか？　二ヶ月前、砂糖菓子品評会で、王様の御前《ごぜん》に召《め》された娘ですよ」

そう問いかけられると、あっと気がついて、頷《うなず》く野次馬があちこちにいた。

「そうでしょう？　ついでに、僕の顔にも見覚えがある人、いるんじゃないかな？　僕も王様の御前に召された一人だから」

野次馬の反応に調子づいたらしく、ジョナスが続ける。

「みなさん、不思議に思いませんでしたか？　観衆の目からみたら、なにを作ったのかも分からないような小さな砂糖菓子が、なぜ国王陛下の御前に召されたのか。簡単ですよ。この娘、銀砂糖子爵《ししゃく》を誘惑《ゆうわく》して、銀砂糖子爵から推薦《すいせん》をもらったからなんです。国王陛下は銀砂糖子爵の推薦を受けて、この娘を御前にお召しになった。けれど、どうみても王家勲章《くんしょう》の品じゃない。そこでもう一方の作品……実は、僕の作品だったんですが。僕の作品に王家勲章が授与《じゅよ》されることになったんです。でも、この娘、もう一方の作品も自分が作ったと言いだして、その場を混乱させたんだ。気分を害された国王陛下は、結局、銀砂糖師となる人間を選ばないまま、行ってしまわれたんだ」

啞然《あぜん》とした。その次には、かっと頭に血がのぼる。

「そんな、嘘《うそ》ばっかり!!」

「どこが嘘だい？」

野次馬の誰《だれ》かが言った。

「あたしゃ、あの品評会を見物に行ってたんだ。そこの若いのが説明したとおりに、事は運んでいたように見えたよ」

その声に、「確かにな」と同意する声が上がる。

遠くから見ていれば、あの場で交《か》わされた会話は聞こえない。今、ジョナスが悪意に充《み》ちた解説をしたように、見ようによっては見えるかもしれない。

そう思った途端《とたん》に、悔《くや》しさがこみあげる。瞳の裏が熱くなる。泣きそうだ。

若者たちはにやにやと笑って、アンを見ている。ジョナスも笑っている。

――泣くものか。泣いたら、負ける。負けを認めたら、そのとおりだと思われる。

「国王陛下は、わたしの作品を好きだと仰《おっしゃ》った。事実よ」

それだけ言うと、アンは台の上に置いてあった砂糖菓子を手に取り、足もとの木箱に入れ始めた。アンのやろうとしていることを察して、ミスリルが台の上から飛び降り、白い布を取り払い手早くまとめる。木箱に、ミスリルがまとめてくれた白い布をかけると、持ちあげた。

「あれ、なにしてるの？　アン」

白々しいジョナスの問いに、アンはきっとなって答えた。

「今日は、とんだ邪魔《じゃま》がはいったから、店じまいするわ。そこ、どいて！」

「逃げるのか？」

からかうように道を空けながら、ジョナスが笑った。

アンは歯を食いしばって、彼らの間を通り抜《ぬ》けて、荷台に向かう。

「銀砂糖子爵に、また泣きつくかい?」

「銀砂糖子爵の趣味《しゅみ》も、変わってるよなぁ! こんなチビを相手にするなんてさ。それとも俺たちには想像も出来ないような、すごいサービスでもしてんのか?」

荷台に木箱を載《の》せようとしているアンに向かって、若者たちがけたけたと笑ってやじる。

それにいちいち、反論する気はなかった。ぐっとこらえる。アンが騒《さわ》げば騒ぐほど、彼らは喜ぶはずだ。場はさらに混乱し、彼らの思うつぼだ。

「黙れ」

その場に、緊張《きんちょう》が走《はし》った。

シャルがいつの間にか、剣《けん》を握《にぎ》っていた。切っ先を、若者たちに突《つ》きつけている。

「それ以上は、許さない」

野次馬も若者たちも、息を呑《の》む。黒い瞳《ひとみ》が、今にも襲《おそ》いかかりそうなほど怒気《どき》を含んでいた。

アンは驚《おどろ》いたが、それ以上に情けなくなる。シャルにこんな真似をさせている自分が、ふがいなかった。

「いいの、シャル。やめて。剣をしまって。いくらなんでも、人を傷つけたら役人に捕《つか》まる」

だがシャルは、動かない。襲うタイミングを計るように、視線は若者たちにすえたままだ。研《と》ぎすまされた冷たさで、若者たちを威圧《いあつ》する。

「お願い」

哀願《あいがん》に近いアンの声を聞いて、ミスリルが跳《と》んだ。シャルの肩《かた》に乗ると、囁《ささや》いた。

「アンが、お願いしてるんだ。気持ちは分かるけど、剣をひけよ。シャル・フェン・シャル」

そしてごしごしと、掌《てのひら》で自分の目をこする。シャルはちらりとミスリルを見ると、ゆっくりと剣をおろした。その手の剣が、光の粒《つぶ》になって徐々《じょじょ》に消えていく。

「あいつは、泣いてない。おまえが泣くな」

シャルはそれだけ言うと、若者たちに背を向けた。荷台の背後に来ると、木箱を荷台に載せるのを手伝ってくれた。アンはシャルとミスリルに向かって、微笑《ほほえ》んだ。

「ありがとう。二人とも」

砂糖菓子《がし》を並べていた台も荷台に入れ、板きれの看板も下ろした。それから御者台《ぎょしゃだい》に乗る。

若者たちが、勝ち誇《ほこ》ったように、げらげら笑って嘲笑《ちょうしょう》する。それに背を向けて、アンは馬に鞭《むち》を入れ、その場を離《はな》れた。そのまま、風見鶏亭《かざみどりてい》に帰った。

風見鶏亭の赤茶けた屋根の上には、錆《さ》びついて動かない風見鶏が立っている。

宿代は安く、建物は古かった。しかし太った気のいい女将《おかみ》さんが経営者で、アンは安心して泊《と》まることが出来た。それでも懐具合《ふところぐあい》を考えると、あと二泊《はく》が限界だ。

口数少なく、三人は宿に入った。

一階の酒場兼《けん》食堂で、女将さんが忙《いそが》しそうに、テーブルの片付けをしているのにでくわした。今朝「今日こそ仕事をとってくる」と女将さんに宣言して、アンは意気揚々《ようよう》と宿を出た。その彼女が昼過ぎに、悄然《しょうぜん》として帰ってきたことに、女将さんは驚いたらしかった。

「どうしたのさ、お嬢《じょう》ちゃん。仕事は、入ったのかい？」

「だめだったの。もともとお客は少なかったけど、そのうえ嫌《いや》がらせまでされちゃって」

しょんぼりとうなだれながら、手近な椅子《いす》に座る。と、突然《とつぜん》、アンはテーブルに突っ伏《ぷ》した。

女将さんが、仰天《ぎょうてん》する。

「どうしたの!?」

「くっ、くやしいぃぃ――――!! なんなの、あいつら最悪!! ジョナスもあんな奴《やつ》らとつるんで、お酒なんか飲んで！ ますます、ろくでなしになっちゃったじゃない！ もうもう、許さないんだから！ 魔術師《まじゅつし》に弟子《でし》入りして、呪《のろ》いでもかけてやる――――!!」

きっと顔をあげる。

「女将さん！ 魔術師の知り合いとか、いない!?」

さっきは、心底悔しかった。侮辱《ぶじょく》の言葉に、涙《なみだ》がこぼれるかと思った。

だが冷静になれば、泣く必要などないと悟《さと》った。根も葉もない言いがかりだから、自分が落ちこむ必要はない。ただ純粋《じゅんすい》な怒《いか》りをたぎらせ、力の限り怒ればいい。

目をギラギラさせるアンを見て、シャルもミスリルも、なぜかほっとしたような顔をした。

「魔術師の知り合いは、残念ながらいないね……いったい、どうしたのさ」

女将さんは驚きながらも、律儀《りちぎ》に答えてくれる。

「砂糖菓子職人。たぶんラドクリフ工房《こうぼう》派の職人たちだと思うけど、その人たちに嫌がらせされたの！　昼間からお酒なんか飲んで、いいご身分なのに。なんで砂糖菓子もまともに売れないわたしなんかに、嫌がらせしなくちゃいけないの⁉」

「そいつら、さっきまでここで飲んでた連中だね。景気づけだと言って、かなり飲んでたよ」

女将さんは、散らかったテーブルを指さした。そしてにこりとアンに微笑みかけた。

「あたしには魔術師の知り合いはいないけど、いい情報なら教えてあげられるよ」

目をぱちくりさせるアンの前に、女将さんは腰《こし》をおろした。

「ラドクリフ工房派の職人たちが、なんの景気づけをしてたと思う？」

「……さあ」

「ハリントン州の南に接しているロックウェル州に、王家の直轄地《ちょっかつち》のフィラックスという港町があるの、知ってるかい？　そこを治めているのは、フィラックス公だ。王国最後の火種なんて言われているが、その高貴さといったら、ね」

「フィラックス公って確か、セドリック祖王の家系の、アルバーン家の当主よね。間違《まちが》いなく、高貴な方よね。国王陛下と同じ血筋だもの」

ハイランドには、妖精《ようせい》王と戦い、人間を勝利に導いたという英雄《えいゆう》、セドリック祖王の伝説がある。そのセドリック祖王には、三人の息子《むすこ》がいた。

その三人がそれぞれ、家系を残したとされる。

ミルズランド家、チェンバー家、アルバーン家の三家だ。

かつては各地方に領主が立ち、群雄割拠《ぐんゆうかっきょ》していたハイランド。それが百年前に統一されたのは、セドリック祖王の血を引く三家が連合し、小規模国を併合《へいごう》していった結果だ。

初代ハイランド国王となったのは、ミルズランド家のアーロン王。

他《ほか》の二家、アルバーン家とチェンバー家は、形の上で、アーロン王の家臣となった。

現在のハイランド王国国王は、ミルズランド家のエドモンド二世。

アルバーン家は要するに、現国王の家系、ミルズランド家と同格の家系なのだ。王家に並ぶ高貴な血筋といわれ、また王国最後の火種と呼ばれる理由はそこにある。

「そう。その公爵《こうしゃく》が、砂糖菓子職人を探しているらしいよ。『銀砂糖師か否《いな》かを問わず、優秀《ゆうしゅう》な砂糖菓子職人を募《つの》る。フィラックス城に滞在《たいざい》し、公爵が気に入る砂糖菓子を一つ作ることができれば、その一つの砂糖菓子に対して千クレスを支払《しはら》う』ってことらしい」

「砂糖菓子一つに、千クレス!?」

「ああ、法外だろう? しかもセドリック祖王の血を引くフィラックス公が認めたとなれば、砂糖菓子職人としては箔《はく》がつくよね。ラドクリフ工房派の職人たちは、千クレスとフィラックス公に認められる名誉《めいよ》のために、フィラックスに行くらしい。その景気づけの酒盛りさ」

片目をつぶり、女将さんは続けた。

「フィラックスに行けば、あいつらをけちらして、千クレス手に入れられるかもしれないよ」

千クレスあれば、アンの経済状況《じょうきょう》は一気に改善する。

楽勝で風見鶏亭での年越《としこ》しが可能になる。

そしてフィラックス公が、その腕《うで》を認めるという名誉。銀砂糖師ではないアンにとっては、またとないチャンスだ。その名誉を授《さず》かれば、今よりも確実に、砂糖菓子は売りやすくなる。それらを手に入れる可能性が、ゼロではない。なにしろフィラックス公はわざわざ『銀砂糖師か否かを問わず』と謳《うた》っている。実力で勝負させてもらえるに違《ちが》いない。

「どう思う？　シャル、ミスリル」

テーブルの上に立つミスリルは、百クレス金貨を想像したのか、うっとりと宙を見つめる。

「千クレス、いいなぁ。今のアンがどんなに頑張《がんば》っても、地道にやってちゃそんなに稼《かせ》げないし。千クレス、千クレスかぁ……」

実はミスリル、お金が大好きらしいと近頃《ちかごろ》知った。次にシャルに視線を向けると、

「魔術師に弟子入りするよりは、建設的だな」

と肩をすくめた。

――そうだ。わたしは、砂糖菓子職人なんだ。だからわたしは、砂糖菓子で勝負する。

アンは拳《こぶし》を握った。

三章　海辺の城

ロックウェル州の州都はヒールバーグである。そしてダウニング伯爵《はくしゃく》の盟友といわれる、リチャーズ伯爵が州公だ。

ロックウェル州は海に面している。古くから港をもち、大陸との貿易で栄えた。

その貿易の玄関口《げんかんぐち》である港町が、フィラックス。

フィラックスは、王家の直轄地である。軍事的な拠点《きょてん》を押さえる意味があるとともに、大陸貿易で得られる富を専有するための直轄支配だ。

直轄地には州公とは別に、直轄地を支配する貴族が派遣《はけん》される。その貴族は王家の血筋の中から選ばれ、地名を冠《かん》した公爵位を与《あた》えられることとなる。

現在、フィラックス公に叙爵《じょしゃく》されているのは、ウィリアム・アルバーンだ。

砂糖菓子職人を募っているのは、そのフィラックス公であるアルバーンだった。

「富めるものは定住し、貧しき者はさすらう……だっけ？」

御者台の上で馬を操《あやつ》りながら、アンはぽつりと呟《つぶや》いた。アンとシャルの間に座っていたミスリルが、アンを見あげて首を傾《かし》げる。

「なんだ、それ？」

「遠い大陸に住んでる人たちの、格言？　みたいなものだって。昔、聞いたことがあるの」

「それが？」

先を促《うなが》すように、シャルが訊《き》く。

「なんてことないんだけど。わたしって、よく移動しているな、って。しみじみ」

「確かに、うろついてるな」

迷い無く、即座《そくざ》にシャルは肯定《こうてい》した。さらに、

「きっぱり、すっきり、貧乏《びんぼう》！　って言えるしな」

ミスリルもたたみかける。

二人に悪気がないのはよくわかっているし、言われたことは事実だが、アンはどんよりする。

「そ〜ね〜。うろついてる貧乏人よね〜。格言的にいうと、なんかかっこいいけど。平たく言えば、そんなものよね」

風見鶏亭《かざみどりてい》の女将《おかみ》さんから、フィラックス公の話を聞いて、アンは翌日に旅立った。

ルイストンからフィラックスまでは、一日半。昨夜《ゆうべ》は街道《かいどう》沿いの農家の納屋《なや》に、一晩の宿を借りた。今朝は日の出とともに、箱形馬車を走らせた。

そのおかげでフィラックスには、昼前に到着《とうちゃく》した。ゆるく弧《こ》を描《えが》く湾《わん》に沿って、フィラックスの町は広がっていた。海岸線に、赤い煉瓦《れんが》造りの家々が密集している。

「ま。旅は好きだし、苦じゃないけど。できれば年末くらいは、暖かい宿で落ち着いて過ごしたいのよね。そのために、なんとかしなくちゃ」

視線を向けた先には、フィラックス城が見えている。

その城は湾の東端《とうたん》、海に突《つ》き出た岬《みさき》の上にあった。巨大《きょだい》かつ、いかめしいつくりの城だった。聳《そび》える天守も、監視塔《かんしとう》も、城門も、装飾的《そうしょくてき》な意図がいっさい窺《うかが》えない。要塞《ようさい》といった構えだ。シルバーウェストル城の三倍はあろうかという規模で、歩廊《ほろう》を持つ城壁《じょうへき》が連なっている。

一見しただけで、古くから建つ城であり、幾度《いくど》も戦《いくさ》を経てきた城であるとわかる。

この城は岬の突端《とったん》に建っているので、周囲に堀《ほり》がなかった。そのためだろう。磨《みが》かれた城壁は、ときおり海に反射した太陽の光を受ける。そして厳《いか》つい姿には似合わない、艶《つや》やかな碧《あお》い光を、まだらにまとう。

アンは箱形馬車を操り、そのいかめしい城の門前にやってきた。

フィラックス城の城門は、開かれていた。そこに立つ門番に、自分の職業と目的を告げた。すると、「おまえが作った砂糖菓子《がし》は、今、手元にあるか?」と、問われた。あると答えると、門番は荷台の中を覗《のぞ》いて確かめた。

砂糖菓子があるとわかると、あっさりと門の中に通された。

フィラックス公が砂糖菓子職人を探していると聞いて、国のあちこちから、毎日のように砂糖菓子職人たちがやってきているはずだ。門を通り、フィラックス公に対面するには、まず自分で作った砂糖菓子がないといけないのだ。

それは、当然だったろう。やってくる砂糖菓子職人を、すべて城に招き入れ、作品を作らせることはできない。ある程度見込みがあるとわかった砂糖菓子職人にだけ、作品を作る機会を与えるのだ。その見極《みきわ》めのために、自分の作品を持参する必要がある。

馬車は、外郭《がいかく》で待つように指示された。シャルとミスリルも、馬車と一緒《いっしょ》に待たされた。

アンだけが、自分の砂糖菓子を手に先に進んだ。兵士に連れられ中郭に入り、天守に向かう。

案内されたのは、広間に続くと思われる、小さな控《ひか》え室だ。

控え室には、先客がいた。砂糖菓子職人らしい男が、一人。陰気《いんき》そうな男で、アンとはいっさい会話しなかった。

程《ほど》なくして。アンが入ってきた扉《とびら》とは、反対方向にある扉が、静かに開いた。

現れたのは、小姓《こしょう》らしきお仕着せを着た少年だ。彼は二人に向かって告げた。

「こちらに、それぞれの作品を持って、出てきてください」

広間も城の外観と同様に、無骨な雰囲気《ふんいき》だった。壁面は、石組みがそのまま見えていた。

シルバーウェストル城のように、漆喰《しっくい》で化粧《けしょう》されていない壁。だがその石組みそのものが、歴史を語る。けしてみすぼらしくはない。その簡素さが、かえって誇《ほこ》り高く見える。

広間の最奥《さいおう》は一段高くなっており、背面には精緻《せいち》な織りのタペストリーが掛《か》かっていた。その前には、王座のようなどっしりとした椅子《いす》。それと対面するように、床《ゆか》に毛織物が敷《し》かれている。そこに跪《ひざまず》いて、待てということらしい。

「フィラックス公が、じきお見えです」

小姓はそう告げ、広間の端《はし》に控えた。アンと男は、毛織物の上に膝《ひざ》をついた。

床に近いと、空気が湿《しめ》って冷たい。広間の両端にある大きな暖炉《だんろ》に、火の気はなかった。

いやに冷え冷えした空間に心細くなり、アンはきょろきょろと周囲を見回していた。見回しながら、アンは違和感《いわかん》を感じていた。

——このお城、なにか違う。なにが違うんだろう？　ヒューのお城や、町と、どこかが違う。

「お、おいっ!!　おまえっ！」

低い声だったが、隣《となり》に跪く男が焦《あせ》ったようにアンを呼んだ。

「え……？　わたし？」

男の方に顔を向ける。男は頭《こうべ》を垂れていた。どうしたのだろうと、首を傾げる。

「頭を下げる必要はない」

高い位置から、声がした。アンはびっくりして、正面を見た。

いつの間にやってきたのか、正面の椅子に青年が腰《こし》かけていた。

どうやら、静かに入室してきた彼に気がつかず、アンはきょろきょろしていたらしい。となりの男は、それを注意してくれたのだ。

頭を下げる必要はないといわれたが、もとよりアンは、頭を下げていない。青ざめて目の前の青年を見つめるしかなかった。だが彼は、そんな無礼を気にしていないようだった。

それは、寛容《かんよう》なのではない。無関心なのだろう。そう思わせたのは、青年の深緑色の瞳《ひとみ》から、いっさい感情らしきものを読み取れなかったからだ。

年の頃《ころ》は二十代後半か。薄《うす》い色の金髪《きんぱつ》は、綺麗《きれい》に整えられている。簡素な上衣《うわぎ》に凝《こ》った刺《し》繍《しゅう》が縁取《ふちど》りされ、すっきりとしているのに気品がある。全体の雰囲気は、穏《おだ》やかそうだ。

だが、冷たい。アンはそう感じた。全《すべ》てはその、感情を宿さない瞳のせいだ。

「私がフィラックス公爵《こうしゃく》。アルバーンだ」

抑揚《よくよう》のない声で、名乗った。

——この方が、フィラックス公。王国最後の火種と呼ばれてる、アルバーン家の当主。

アンは一庶民《しょみん》であるから、王国の政治に詳《くわ》しいわけではない。けれど、このフィラックス公の名と立場だけは知っている。それはアンに限らず、ハイランド王国に住む者ならば誰《だれ》でも知っているほど、有名な話だ。

アルバーン家は王国に残された最後の火種なのだ、と。

妖精王《ようせいおう》と戦い、人間を勝利に導いた英雄《えいゆう》、セドリック祖王の息子《むすこ》たちが遺《のこ》した、三つの家系。

ミルズランド家、チェンバー家、アルバーン家。

百年前にハイランドの統一を果たした後、ミルズランド家が王国の王位に就《つ》いた。そして他《ほか》の二家は、ミルズランド家の家臣となった。しかし実質は、チェンバー家とアルバーン家は、広大な領地を所有し、その領地内はミルズランド家の権利が及《およ》ばないとされた。

ハイランドという王国の中に、治外法権的な二つの領地が残されたのだ。

そのことが火種になったのが、十五年前。

先代王エドモンド一世が逝去《せいきょ》したとき、現在の国王エドモンド二世は、十二歳の子供だった。

そしてその当時、チェンバー家の当主であったスチュワートが野心家であったことから、問題が発生した。

「わずか十二歳の国王など、あまりにも頼《たよ》りない。もともと三家は同じ血筋なのだ。だから三家の中から、最も王にふさわしい者が立てばよいのではないか」

スチュワートはそう主張し、また、十二歳の王に不安を抱《いだ》く一部の家臣たちが賛同した。

それが内乱の始まりだった。チェンバー内乱とよばれる、内乱だ。

チェンバー内乱は、結局、ミルズランド家の勝利で終わる。

チェンバー家は、赤子に至るまで死刑《しけい》にされ、家系は絶えた。

内乱後、十二歳の王のために、中央集権の堅固《けんご》な支配体制を整えた立て役者が、先代国王の時代から辣腕《らつわん》をふるっていたダウニング伯爵《はくしゃく》だ。

三家の、残り一つ。アルバーン家は内乱のおり、ミルズランド家に協力した。

しかし。「国に、二人の支配者がいてはならない」というダウニング伯爵の提案のもと、領地は剝奪《はくだつ》された。私兵の軍隊も解体され、わずかな騎士《きし》が警備兵のような形で残された。そしてアルバーン家の当主は、王の直轄《ちょっかつ》地の管理者として、フィラックスに住むこととなった。

ずいぶんな仕打ちだった。だが、ダウニング伯爵は、もっと思い切った手段をこうじるよう、エドモンド二世に進言していたという。

それはアルバーン家当主の、国外追放である。

いつ何時、火種になるか分からない血筋だ。本人たちにその気がなくとも、逆臣に担《かつ》ぎ出される可能性もある。この際、憂《うれ》いは断《た》ち切るべきだという主張だった。

当時のアルバーン家の当主は、トーマス。現フィラックス公ウィリアムの、父親である。

トーマスは、とても穏やかで理知的な人であったらしい。

エドモンド二世は、トーマスの人柄《ひとがら》をしたっていた。そのためにエドモンド二世は、この点だけはダウニング伯爵の意見を入れず、国外追放にはしなかった。

そのかわりアルバーン家には、二つの義務が課せられた。

一つ。フィラックスで徴収《ちょうしゅう》される貿易関連の税金は、全て王家に上納すること。上納された金から一定率の金額だけが、アルバーン家には支払《しはら》われる。王から小遣《こづか》いをもらえと言うに等しい、屈辱的《くつじょくてき》な義務。

もう一つ。月に一度、王都ルイストンにアルバーン家当主が出向き、王に挨拶《あいさつ》をすること。これもまた、常に忠誠を誓《ちか》うことを確認《かくにん》させるための義務だ。

アルバーン家は当主がトーマスの息子ウィリアムの代になってからも、この義務を、粛々《しゅくしゅく》とこなしているらしい。

だが。エドモンド二世は別にしても、ミルズランド家に仕える家臣たちは、アルバーン家を葬《ほうむ》り去るきっかけをいまだ、探しているという。その急先鋒《きゅうせんぽう》といわれるのが、ダウニング伯爵だ。

アンは、ダウニング伯爵と面識がある。穏和《おんわ》な老人といった印象が強い。そのダウニング伯爵が抹殺《まっさつ》の機会を狙《ねら》っている人物というからには、フィラックス公とは、もっと強面《こわもて》の人物かと思っていた。だが想像に反して、目の前の青年はとても静かである。

ただ、どこか異様な冷たさをまとっている。

「手元にある砂糖菓子《がし》を、見せろ」

アルバーンの命令に、小姓が、アンと男の手から、それぞれ砂糖菓子を預かった。そしてそれを、アルバーンの前にさしだす。彼は小姓が左右の手にささげ持った砂糖菓子を、ちらちらと見て、アンの作った砂糖菓子を手に取った。そして、告げた。

「そちらの男は、帰れ。そこの娘《むすめ》は、このまま」

砂糖菓子職人の男は、あまりにもあっさりとした裁定に、きょとんとしていた。砂糖菓子を手に戻《もど》され、小姓が丁重《ていちょう》に退出を促《うなが》す。男は未練がましく振《ふ》り向きながらも、出ていった。

アルバーンは、手にしたアンの砂糖菓子をじっと見ていた。

それはアンが手慰《てなぐさ》みに、ミスリルをモデルに作ったものだった。「あげるから、食べて」と言ったら「共食いみたいでいやだ」と、断固食べてくれなかったという代物《しろもの》。つくりに自信があったから、がっかりしたものだ。

広い空間に、アンとアルバーンが、ぽつりと向かいあって残された。

部屋が、いっそう寒く感じる。

「どうして、これを作った？」

突然《とつぜん》、アルバーンが訊《き》いた。

「それのモデルは、わたしが一緒《いっしょ》に旅をしている、友達の一人なんです。その子に砂糖菓子を作ってあげようと思って、それを作ったんです」

「これは、妖精だな？」

「はい」

「いいだろう」

アルバーンはゆっくりと立ちあがると、壇《だん》を降り、アンの前に来た。手にした砂糖菓子をアンの目の前にさしだし、取れと目顔で促す。砂糖菓子を受け取ると、アルバーンは告げた。

「城にとどまる許可を出す。砂糖菓子を作れ。私の意に添《そ》う、砂糖菓子だ」

「どんなものを作ればいいのでしょうか」

アルバーンはすっと背筋を伸《の》ばすと、アンの背後に移動した。

アンは跪《ひざまず》いたまま向きを変え、彼の行方《ゆくえ》を目線で追った。するとアルバーンは、自分が座っていた場所の正面にある壁面《へきめん》に向かった。

壁面には、大きな布がかけられている。カーテンらしく、布の横には飾《かざ》り紐《ひも》がつけられ、真ん中から開閉するようになっている。だが、壁《かべ》の向こうは廊下《ろうか》だ。窓があるはずはない。

アルバーンは躊躇《ちゅうちょ》なく、飾り紐を引いた。

カーテンがさっと左右に開くと、一枚の肖像画《しょうぞうが》が現れた。

「わぁ……綺麗」

貴人の前であるということも忘れ、思わず声が出た。

若い女性の肖像画だ。等身大と思われ、背丈《せたけ》はアルバーンよりも少し低い。白い肌《はだ》。銀色っぽい、不思議な輝《かがや》きのある瞳《ひとみ》。薄水色の、流れるような真っ直《す》ぐな髪《かみ》。顔立ちが整っているのもさることながら、少し哀《かな》しげに笑うその表情が印象的だった。

そしてなによりもアンの目を引いたのは、その背にあるもの。

「背中に、二枚の羽……。この方、妖精ですね」

問うともなしに口にすると、アルバーンは頷《うなず》いた。

「この肖像画に描《えが》かれた妖精を、形にしろ。できるか？」

できると、アンの中に確信めいたものが生まれた。

自分が美しいと思い、砂糖菓子の中にその美しさを封《ふう》じ込めたいという衝動《しょうどう》を、胸の中にわずかに感じる。この衝動は、真剣《しんけん》に作品と向きあえば、少しずつ大きくなってくれるだろう。

「できます」

アルバーンはカーテンを閉じると、自分の椅子《いす》に戻った。そして淡々《たんたん》と説明した。

「内郭《ないかく》に、職人たちのための建物がある。そこで砂糖菓子を作れ。案内させる。この肖像画が見たければ、同じ妖精を描いた絵が、外郭の東塔《ひがしとう》に何枚か飾ってある。それを見よ」

「はい」

アンは頷き、アルバーンを見た。彼の瞳はやはり、なにかが欠落したように、感情が読み取れなかった。アンに話しかけているし、その瞳にはアンが映っている。なのに、彼女を認識していないかのような、彼女の存在への無関心さ。少し、ぞっとした。

アルバーンが退出すると、かわりにデールと名乗る青年が案内役として現れた。アルバーンの従者だという。デールは、たくさんの鍵《かぎ》の束を腰《こし》のベルトにつけていた。そのために、歩くとガチャガチャとかなりうるさかった。

シャルとミスリルの滞在《たいざい》は、許可された。デールがアルバーンに確認したところ、公爵《こうしゃく》は「問題なし」と言ったらしい。

城は、岬《みさき》の突端《とったん》ぎりぎりに接している。打ち寄せる波の音が、絶え間なく聞こえる。城壁《じょうへき》の上は、常に海風が吹《ふ》き抜《ぬ》け渦《うず》を巻いているのか、見あげると、海鳥が悠々《ゆうゆう》と旋回《せんかい》していた。

城の内郭へ、アンたちは案内された。

そこは、大きな広場になっていた。広場を囲む城壁には、簡素な長屋が、ぐるりと連なってはりついている。そこが砂糖菓子職人たちに与《あた》えられる部屋であり、作業部屋らしかった。ほとんどの部分が木造二階建てで、屋根は板葺《いたぶ》きだ。

内郭の最奥《さいおう》には、二つの塔がある。そこが城の最奥でもあり、行き止まりになっていた。

東側の塔には、あの妖精の肖像画が飾られているはずだ。

「今、何人くらい砂糖菓子職人がいるんですか？」

先を歩くデールに問うと、デールはふり返って答えた。

「今は、君を入れたら、六人だ」

「たったそれだけですか？」

「毎日、一人、二人、入ってくるが。同時に毎日、二、三人放《ほう》り出されるからな」

「そんなに？」

「ああ。砂糖菓子が完成すれば、その時点で公爵にご覧頂く。そこでたいがいの職人は、たたき出される」

「公爵様が納得《なっとく》するような砂糖菓子を作った職人は、まだ、いないんですか？」

「そんなのがいたら、公爵はもう、砂糖菓子職人を集めたりはしてないさ」

「そうですよね。けれど公爵様はなんの目的で、砂糖菓子がご入り用なんですか？　なにかのお祝いか、お祭りですか？」

その質問にデールは、無表情で答えた。

「公爵に、直接伺《うかが》うんだな。僕たちは知らない。僕たちは公爵の望みなら、理由など訊かずに従うからね。僕たちはあの方のお父上の代から、アルバーン家に忠誠を誓っているから。我々はミルズランド家の家臣ではなく、アルバーン家の家臣だ」

言い切ったデールに、アンは驚《おどろ》く。ハイランド王国に住む貴族も平民も、全《すべ》ての人間の君主はハイランド国王だ。各々《おのおの》の貴族に仕える家臣たちも、その貴族に仕えているのではなく、貴族の上に君臨する国王に仕えているという認識らしい。

なのにデールは、国王であるミルズランド家の家臣ではないと、言い切った。

普通《ふつう》ならば、国王への反逆といわれかねない言葉だ。

だがアルバーン家に関しては、それがゆるされているのだろう。そうでなければ、身元のしれない砂糖菓子職人に、不用意に聞かせたりはしないはずだ。

火種と呼ばれる理由が、ちらりと見えた気がする。

「アルバーン家に仕えることを、誇《ほこ》りにしてらっしゃるんですね」

「当然だ。それにしても」

デールは、アンと並んで歩くシャルと、アンの肩《かた》にちゃっかり乗っているミスリルを見る。

「君は、妖精を二人も使役《しえき》しているのか？　贅沢《ぜいたく》だな」

「彼らは友達です。わたしが使役しているわけじゃなくて、一緒に旅しているだけなんです」

いつも言われることだったから、アンは多少うんざりして答える。

するとデールは、ははあと、納得したように頷いた。

「それで公爵は、二人も妖精を連れているのに、許可を出したんだな」

「どういう意味ですか？」

「公爵は、妖精を使役するのがお嫌《きら》いなんだ。この城には、一人の妖精もいない。公爵は、職人たちが妖精を使役するのは、仕事の上でしかたがないと思っていらっしゃるから、一人くらいの労働妖精は許可するがね。二人も妖精を使役しているとなると、心証は良くないはずだ。なのに公爵は問題はないと仰《おっしゃ》ったから、不思議だったんだ」

「あ、そうか。妖精が。だから」

さっき広間で考え続けていた、違和感《いわかん》の正体。それがわかった。

この城には、妖精がいないのだ。町中も、城も、宿屋も商店も、必ずどこかしらに妖精の姿があった。けれどこの城に入ってから、一度も妖精の姿を見ていない。

東の城壁にある長屋の前で、デールは立ち止まった。

「では、この建物が君が使える部屋だ。となりの棟《むね》には昨日から、ラドクリフ工房《こうぼう》派の若い職人が五人入ってるから。仲良くな」

ラドクリフ工房派の職人と聞いて、アンは軽く溜息《ためいき》をついた。ジョナスたちに違《ちが》いない。

「ええ。できるかぎり、仲良くします」

デールが立ち去ったので、アンは長屋に入った。

長屋の中は、快適だった。床板《ゆかいた》が張られているから、底冷えしない。蹴込《けこ》みがない簡素な階段を上れば、二階にはベッドが五つも並んでいる。

この建物は、戦中の名残《なごり》らしかった。昔、戦中には、城の中にたくさんの職人や技能者、時には家畜《かちく》や農民まで住まわせていたらしい。

城の警備兵たちは、中郭に造られた長屋に住む。だから現在、この内郭の長屋に常に住む者はいない。そのためにひとけは無く、寂《さび》しい雰囲気《ふんいき》だった。

「肖像画に描かれた妖精をモデルに、砂糖菓子《がし》を作ればいいんだって」

箱形馬車の荷台から、長屋に荷物を運び入れながら、アンは説明した。

シャルもミスリルも、荷物運びを手伝ってくれていた。

「とても綺麗な、妖精の女性よ」

「でも、一回見ただけの絵を、覚えてんのか？」

鍋《なべ》を運び入れながら、ミスリルが問う。

「そこの東の塔に、同じ妖精を描いた絵が何枚か飾《かざ》られているんですって。二人とも、この荷物を運び終わったら、見に行かない？」

「やだね。俺は疲《つか》れた。せっかくのベッドだからな、昼寝《ひるね》するんだ」

ミスリルは鍋を竈《かまど》の近くに置くと、あくびをした。そしてぴょんぴょんと階段をのぼり、鼻歌交じりに二階へ行ってしまった。昨夜納屋《ゆうべなや》で寝《ね》たものだから、ベッドが嬉《うれ》しいのだろう。

確かに、そんな肖像画《しょうぞうが》を見たいと思うのは、これから仕事に取りかかるアンだけだろう。

「シャルも……」

「行くぞ」

荷物を置いたシャルが、アンに向かって顎《あご》をしゃくった。

「え!? 行くの？」

「誘《さそ》っておいて、今更《いまさら》なんだ？」

「だって、行ってくれると思わなくて」

するとシャルは、ちょっと不機嫌《ふきげん》そうな顔になる。

「興味があるだけだ」

「どうして？ どうして、興味あるの？」

思わず問い返したが、シャルはその問いを無視した。さっさと長屋から出てしまう。

「あっ！ 待って、シャル」

「早く来い」

歩き出した背中を追っている途中《とちゅう》で、アンにはわかった。シャルが肖像画なんかに、興味を持つはずはないと。ただ、アンにつきあってくれているのだ。それが、嬉しかった。

横に並ぶと、にこにこしてシャルの顔を見あげた。

シャルはちらりとアンを見て、ずけっと言った。

「しまりのない顔だ」

「いいのよ。嬉しいから」

シャルの憎《にく》まれ口も、へっちゃらだった。

東の塔へまっすぐ向かっていると、その塔の方向から、五人の若者たちがぞろぞろと歩いてきた。アンは、はっとした。

——ジョナス。他《ほか》の連中も、見覚えある。

彼らの姿を見ると、怒《いか》りが甦《よみがえ》る。しかし怒りは、ただの怒りで終わらなかった。怒りはじわじわと、気力に転換《てんかん》していた。彼らの顔が認められるようになる頃《ころ》には、アンの中に戦意がみなぎっていた。

若者たちは、笑いあいながら歩いていた。しかし、目の前から歩いてきた人影《ひとかげ》を認め、それがアンとシャルだと理解した途端《とたん》に、全員がぽかんと口を開ける。

「奇遇《きぐう》ね、ジョナス」

自分でも意外なほど、気持ちに余裕《よゆう》があった。朗《ほが》らかな声で挨拶《あいさつ》した。

ジョナスは、恐《おそ》ろしいものでも見たような顔をした。

「ど、どうしてこんなところにアンがいるの？　僕を追ってきたの？　まさか、復讐《ふくしゅう》？」

「それも悪くないけど、そんなに暇《ひま》じゃないから」

べっと舌を出して、彼らの横を通り過ぎる。

「おまえ、なんでここに来やがったんだ!?」

若者の一人が怒鳴《どな》ったので、アンは足を止めた。きっと若者たちを睨《にら》む。

「誰《だれ》かさんたちが、わたしの職人としての評判を、衆人環視《しゅうじんかんし》の前で散々貶《おとし》めてくれたから。その名誉《めいよ》回復のために、フィラックス公のお召《め》しに応じたのよ」

そして、宣言した。

「実力勝負だったら、負けないわ」

彼らは怒りのため顔を真っ赤にしたが、同時に、とてつもなく不安そうな目になる。

彼ら一人一人、自分こそが、アルバーンに認められようと思っているはずだ。仲間を蹴落《けお》としてでも名誉を得たいと、心密《ひそ》かに誓《ちか》っているに違いない。

そこにさらに、強力な競争相手が現れたのだ。動揺《どうよう》を隠《かく》せないらしい。

ここは実力勝負の場だ。それは彼らとて、分かっているはず。町中で数を頼《たの》みに、人をあざけるほどには、ことは簡単ではない。

彼らの動揺を見抜《みぬ》いたアンは、自分が、かっかしているのも馬鹿《ばか》馬鹿しくなった。

「ま、お互《たが》い頑張《がんば》ろう」

それだけ言うと、シャルとともに東の塔《とう》へ歩き出した。シャルがふっと笑った。

「負けないとは、よく言ったな」

「八割はったり。だって、負けたくないもの。なにしろ、千クレスがかかってるから。わたしはシャルとミスリルと一緒《いっしょ》に、素敵《すてき》な新年を迎《むか》えるんだから」

翌日からアンは、作業に取りかかった。

まず、作品の大きさを決めた。祝祭で用いられる砂糖菓子は、最も大きなもので、アンの背《せ》丈《たけ》の半分ほどだ。仮にも公爵《こうしゃく》が所望《しょもう》するものなのだから、一番大きなものがよいだろう。

東の塔に飾られている妖精《ようせい》の肖像画は、どれも似たような構図だった。座っていたり、立っていたり。けれど全体的に、薄青《うすあお》い色彩《しきさい》をまとった、ほっそりとした、水の流れのような印象が強い。その印象を大事にした。

立ち姿で、ゆるく両腕《りょううで》を前に伸《の》ばしているポーズに決めた。そして顔は、あえてはっきりと作らないことにした。かっちりとした顔がついていると、いやに生々しいものになってしまう。

アンが重視したのは、肖像画の妖精の雰囲気だった。

長屋の一階にもともとあったテーブルの上に、作業用の石板を置いた。その周りにへらや定規などを並べると、テーブルの上はいっぱいだった。色粉の瓶《びん》や冷水の入れ物は、床《ゆか》に並べた。

作業をしていると、意外にもミスリルが、なにかと手伝いをしてくれた。冷水を井戸《いど》からくみ上げてきたり、銀砂糖を樽《たる》から取ってきてくれたり、色粉の瓶を手渡《てわた》してくれたり。

細々《こまごま》したことだったが、それだけで作業の効率は上がる。

三日目には、だいたいの形ができあがっていた。

「ありがとう、ミスリル・リッド・ポッド。本当に、助かるわ」

色粉の瓶から青い粉を振《ふ》り出しながら、アンが礼を言った。

ミスリルは、へへへんと、ちょっと自慢《じまん》たらしく笑う。

「俺様が実力を出せば、こんなに役に立つってことさ。まあ、こんなもんじゃ、アンへの恩返しにはならないけどな。俺の野望は、壮大《そうだい》な恩返しをすることだからな！」

「もう、恩返しのことはいいんだけどね」

「よくはない。これは妖精としてのプライドの問題だ」

「そんな大げさなものなんだ……」

「そりゃそうだぜ！　ところでシャル・フェン・シャルの奴《やつ》は、いったいどこへ行ったんだ？」

「さあ」

ミスリルとは反対に、アンが作業を開始すると、シャルはふいと長屋を出て行ったのだ。

この三日、毎日ふらふらと出ていく。それきり、アンが作業をやめるまで帰ってこない。散歩でもしているのだろうと思い、特に気にしていなかった。

色粉の瓶の蓋《ふた》を閉じると、テーブルの上に置いた。色粉を振り入れた銀砂糖を練っていると、ミスリルがぶつぶつと文句を言う。

「なんだ、シャル・フェン・シャルの奴。一人だけ遊んで」

「だってあなたが、手伝ってくれるんだもの。シャルはやることないんじゃない？」

「ま、そうかな。俺がいれば、あいつの出番はないかなぁ」

ミスリルは気分良さそうに、瓶を片づける。

「あんな冷酷《れいこく》非情なやつでも、感傷があるらしいからな。それに浸《ひた》らせてやるのもいいかもな」

「感傷って？　シャルが？」

「三日前か？　初めてこの城に来たときさ。俺たち、馬車と一緒に待たされてたじゃないか。そのときシャル・フェン・シャルの奴が、言ってたんだ。懐《なつ》かしい、ってさ。なにがと訊《き》いたら、ずっと昔に、こんな感じの城に住んでたことがあるんだってよ」

銀砂糖を練る手が、一瞬《いっしゅん》止まる。

――懐かしい？　お城が？　それとも、お城に住んでたリズ？

シャルの黒くて綺麗《きれい》な目は、今、遠い昔に死んだ少女の面影《おもかげ》を見つめているのだろうか。一人で散歩に出るのは、そのためだろうか。そう考えると、また、息苦しくなった。

「ヒューの城は新しすぎるから、そうでもなかったらしいけど。この城は古いだろう？　あいつが住んでた城っていうのは、古い城だったらしいぜ。あいつ、貴族に使役《しえき》されていたことがあるのかな？　そこまでは話してくれなかったけど……アン？　どうした？」

「あ、ううん。なんでもない」

ぼんやりとしていたことに気がついて、アンは笑って、ミスリルを見た。

その途端《とたん》、ミスリルがげらげら笑いだした。

「アン！　鼻の頭が真っ青だ！　色粉がべっとりついてる」

「え!?」

慌《あわ》てて鼻の頭を触《さわ》る。

「よけいに青くなった！」

あまりにげらげら笑われるので、アンはちょっと恥《は》ずかしくなった。

「井戸で洗ってくる」

長屋を出ると、井戸に走った。井戸の水を盥《たらい》にくみ上げると、水面を覗《のぞ》きこむ。確かに、鼻の頭が青い。鼻の頭が青いことよりも、自分が、どうみても美人じゃないことにがっかりした。

『ずっと一緒にいた。十五年経《た》ったら、リズの髪《かみ》は金髪《きんぱつ》になって、そばかすも消えて。綺麗な娘《むすめ》になっていた』

以前、シャルはアンに、そう語って聞かせたことがあった。

──十五年経ったら、っていうことは。二十歳《はたち》の頃のリズは、金髪で、とても綺麗な女性だったっていうことよね。わたしは十五歳だから、あと五年経ったら、綺麗になれる？

とてもそうは思えなかった。今のまま、痩《や》せっぽちで、手足が細くて、かかしみたいなバランスの悪い子供っぽい二十歳になりそうだ。

──シャルは、あんなに綺麗なんだもの。綺麗な女の人が好きに決まってる。リズみたいな。

そこまで考えて、気がついた。

今まで自分が、リズの話を聞く度《たび》に感じていた、気持ちの引っかかりの正体。

──これは、嫉妬《しっと》？　リズに？

会ったこともないリズに、嫉妬めいた感情を抱《いだ》く自分が馬鹿《ばか》みたいだ。しかも、もうこの世にいない少女だ。自分が嫌になる。

盥の水をすくいあげ、やけくそのように洗う。肌《はだ》を切るような冷たい水で、何度も洗った。

──余計なことは、考えないようにしなきゃ。今は、砂糖菓子《がし》を作るの！

「そんなにこすると、鼻が取れるぞ」

頭の上から声がして、アンはびっくりして濡《ぬ》れたままの顔をあげた。

「シャル」

顎《あご》から、ぽたぽたと水がしたたり落ちた。シャルは眉根《まゆね》を寄せる。

「ドレスが濡れる」

言われてアンは、自分の忘れ物に気がついた。

「あ……。拭《ふ》くもの、忘れた……」

自分の間抜《まぬ》けさに、肩《かた》を落とす。

シャルがついと手を伸ばすと、指先でアンの顎から頬《ほお》にかけて、優《やさ》しく撫《な》でた。冷たい指だった。水滴《すいてき》をぬぐってくれたのだと分かったが、思わずびくりとなって身を引いた。

触《ふ》れられた場所が、かっと熱くなる。自分の顔は、今、赤くなっていると感じる。

「どうした？」

シャルが不思議そうに、首を傾《かし》げた。その仕草で、彼がいつものように、からかったのではないとわかる。本当に何気なく、水滴をぬぐってくれたのだ。

なにか言わなくてはいけない。だが、頭は真っ白だ。

「かかし?」

シャルが、心底不審《ふしん》げな顔になる。黒い瞳《ひとみ》が、アンをじっと見つめる。

自分が過剰《かじょう》に反応しているのを、気がつかれたくなかった。

「な、なんでもない!」

それだけ言うのが精一杯《せいいっぱい》だった。アンはきびすを返すと、長屋に向けて全力で走った。

――指はあんなに冷たいのに、どうして、吐息《といき》や羽は温かいの?

以前触れた彼の羽や吐息を思い出し、さらに頬が熱くなっていた。

その日の夕食時も、アンはなんとなく、シャルと視線を合わせづらかった。

ただ翌日は、気まずさもなかった。睡眠《すいみん》は偉大《いだい》だと、感謝した。いいことも悪いことも、とりあえずは気持ちが半分くらい落ち着く。

朝食をとり終わり、作業をはじめようとしたその時だった。長屋の扉《とびら》がノックされた。

わざわざ訪ねてくる人が思い浮《う》かばず、アンは首を傾げながら扉を開けた。

「はい?」

そこに立っていたのは、ジョナスだった。にこにこしている。

アンの表情は、突然《とつぜん》厳しくなる。

「なにしにきたの? あなたが盗《ぬす》める砂糖菓子なら、まだ出来てないわよ」

痛烈《つうれつ》な皮肉に、ジョナスはちょっと顔をしかめた。

「いやだなぁ。君の砂糖菓子なんかに、用はないよ。僕のものは、昨日できあがったからね。

僕たち五人とも、昨日完成したから」

「え……？」

昨夜《ゆうべ》砂糖菓子ができあがったと聞き、内心焦《あせ》った。

しかしジョナスに侮《あなど》られたくなくて、強がって答える。

「そうなの。で、公爵《こうしゃく》様には見ていただいたの？」

「昨夜、見ていただいたよ。僕以外の四人は、今朝出ていくことになった」

そこでジョナスは、我慢《がまん》できないというように、笑顔《えがお》をあふれさせた。

ジョナスの肩《かた》越しには、荷物を抱《かか》えて悄然《しょうぜん》と出ていく、四人の職人たちの姿が見えた。彼らはジョナスの背中を、恨《うら》めしそうに見ている。

「公爵は僕の作品を見て『見込みがある。精度を上げろ』と仰《おっしゃ》ったよ。そして僕だけが、引き続き城にとどまることを許された。君には残念だけど、フィラックス公の千クレスを拝領するのは、僕だよ」

「そんなの、まだわからないわ」

「知ってる？　作品を見せて城にとどまることを許されたの、僕が初めてなんだって。僕だけなんだよ。デールさんが言ってた」

「わたしだって、これから！」

「僕はこれから、天守にある部屋に移るんだ。選ばれた職人の特権だよ。ま、せいぜい頑張《がんば》りなよ。アン」

ジョナスは勝ち誇《ほこ》ったように言うと、ひらひらと手を振《ふ》り、出入り口のステップを降りていった。アンは勢いよく扉を閉めた。足音も荒《あら》く、テーブルの側《そば》に戻《もど》る。

「なにしにきたのよ、あいつ！　なに？　わたしのやる気を、そごうって魂胆《こんたん》⁉」

シャルはテーブルに座り、掌《てのひら》に干した木の実を載《の》せていた。掌の木の実は小さく縮んで、ついには消える。これが妖精《ようせい》の食事方法だ。

楽しむように、一粒《ひとつぶ》ずつ干した木の実を食べながら、シャルは言った。

「あの軽い男が、そこまで考えてないだろう」

「じゃ、なに⁉」

「ただ単に、自慢《じまん》だろう。出ていく仲間に、自慢するわけにはいかないからな」

「本当にそうなら、すっごい迷惑《めいわく》だわ。自慢なら他《ほか》でやってよ、まったく」

ぷんぷんしながら、テーブルの上を片づけた。そして部屋の隅《すみ》に置いていた、作りかけの砂糖菓子をテーブルに移す。砂糖菓子を覆《おお》っていた布をとる。

「でも、アンの砂糖菓子もいいできになっていると思うぞ、俺は」

ミスリルがテーブルの上から砂糖菓子を見あげ、感心したように言う。

「本当？」

「うん。綺麗だよ。な、シャル・フェン・シャル」

問われるとシャルも、砂糖菓子を見あげた。しばらく眺《なが》めたあとに、頷《うなず》いた。

「いいできだ」

ほめられると、単純に嬉《うれ》しかった。アンは気を取り直して、作業にかかる。

シャルたちと知り合ってから、アンは妖精の砂糖菓子を作るのが好きになっていた。だから作業は楽しかったし、着々と形になるそのできばえにも、自信が持てた。

「できた、と思う」

アンが、ふうっと大きな溜息《ためいき》をついた。そして立っているのにも疲《つか》れたように、すとんと、椅子《いす》に腰《こし》かけた。

ジョナスが天守の部屋に移って、三日後の夜。

テーブルに二つランプを置き、アンは真夜中近くまで作業をしていた。

ミスリルはとっくに眠《ねむ》っていた。シャルはアンに背を向け、座っていた。竈《かまど》に薪《まき》をくべながら、彼女の作業を邪魔《じゃま》しないようにしていた。

この数日、昼間に散歩に出ていたのも、アンの作業を邪魔しないためだ。

シャルが側にいると、時々アンは気持ちが乱れるようだった。自分が何気なく発した言葉や態度が原因らしいとは分かっているが、どの言葉や態度に反応しているのかは、今ひとつ分からない。彼女の集中を乱さないためには、離《はな》れているのが最良だと判断したのだ。

「どうかな、シャル？　見てくれる？」

呼ばれたので立ちあがり、彼女の椅子の背後に立つ。

水の流れのように、頭頂から腰にかけて流れる女性の髪《かみ》は、濃《こ》い碧《あお》から徐々《じょじょ》に薄《うす》く変化している。羽は風に煽《あお》られる絹のように、ふわりと撥《は》ねあがっていた。差し出された両手の表情は、とても柔《やわ》らかだ。顔は目鼻の形が、わずかな凹凸《おうとつ》で表現されているのみ。だが、その表情は微笑《ほほえ》んでいるのだろうと思わせる。作品を包む、柔らかな空気がある。

「よくできてる」

じっくりと見た後に、答えた。だが、アンの反応はない。

「おい？」

また突然、アンが妙《みょう》な反応をしたのかと思って、顔を覗《のぞ》きこんだ。

「……なんだ……」

アンは椅子に座ったまま、すうすう寝《ね》息《いき》を立てていた。

この三日、根を詰《つ》めての作業だった。かなり疲れているのだろう。

シャルはできあがった砂糖菓子を、部屋の隅の、床《ゆか》に移動させた。いつもアンがしているように、その上に柔らかな布をかけて保護する。

その間もアンは、眠ったままだ。起こして、二階のベッドへ追い立てようかとも思った。

彼女の前に立ち、見おろす。すやすや眠っているその顔が、あまりにも無防備なのでちょっとたじろぐ。出会った頃《ころ》、シャルの羽を胸に抱《だ》いて、緊張《きんちょう》して眠っていたアンの姿を思い出す。

今はシャルに羽を返し、彼を友達だと信頼《しんらい》しているのだろう。

──それにしても、無防備すぎる。

シャルのことを、保護者かなにかのように思っているのだろうか。

そもそもシャルが、百年以上生きている、すれっからしの戦士妖精だということを忘れているのかもしれない。シャルは、アンが想像も出来ないようなことを、さまざまやってきた。彼がやってきたことの一部でも知れば、アンは彼に怯《おび》えるかもしれない。軽蔑《けいべつ》するかもしれない。

眠っているアンを、抱きあげる。細くて軽かった。

そのまま階段を上り、一番手前のベッドに横たえた。毛布を掛《か》けてやる。

城壁《じょうへき》の上では、相変わらず海風が鳴っていた。すきま風を、足もとに感じた。

起きる気配のないアンの顔を、見おろす。

『なぜアンにこだわる？』

風の音のように、ふと耳に、ヒューに突《つ》きつけられた質問が甦《よみがえ》る。

ヒューに任せれば、アンは安全で快適な生活を手に入れられる。それは、分かっている。だがなぜか、それは面白《おもしろ》くない。

──ヒューには、預けたくない。

そう思って、自分が考えたことが不思議になる。

──預ける？　こいつは俺の、所有物でもないのに？

自分のものでもないのに、預けたくないと思う。その身勝手な気持ちは、なんだろうか。

砂糖菓子《がし》を目にした瞬間《しゅんかん》。感情のないアルバーンの瞳《ひとみ》に、わずかになにかが揺《ゆ》れた気がした。

アルバーンはじっと、アンの砂糖菓子を見つめていた。だがその感情の輝《かがや》きらしきものは、少しずつ消えた。そのかわりに、失望とも取れる呟《つぶや》きをもらした。

「……違《ちが》う」

その言葉に、血の気が引いた。

今朝、砂糖菓子が完成したと、デールに報告した。すると朝食が終わるか終わらないかのうちに、砂糖菓子を持って天守の広間にあがるようにと命令が来た。

広間にあがると、前回と違ってほとんど待たされることはなかった。

アルバーンはせかせかとやってくると、自らの手で作品を覆う布をはぎ取り、作品を見た。

そして呟いたのだ。「違う」と。

アルバーンは椅子に座ると、しばらく黙《だま》っていた。

——お気に召《め》さなかった……。シャルもミスリルも、いいできだってほめてくれたのに……。

気分が沈《しず》むのは、どうしようもなかった。

「だが雰囲気《ふんいき》は、そのままだ」

ぽつりと、アルバーンは言った。

「は？」

思わず、アンは顔をあげた。アルバーンは、アンを見ていなかった。砂糖菓子を見ている。

「アンダーのものより、雰囲気はいい。精度を上げろ。私が、満足するように。おまえは、天守の部屋に移れ」

そこまで言うとアルバーンは、側に控《ひか》えていたデールに言った。

「職人は、二人だ。これ以上増やす必要はないだろう」

簡単な命令のあとに、アルバーンは出ていった。

アンはぽかんとしていたが、デールは苦笑《にがわら》いしながらアンの肩《かた》を叩《たた》いた。

「さあ、君。長屋の荷物をまとめて、友達を呼んできなさい。天守の中に部屋を用意する」

「あの……それは、この砂糖菓子を、公爵《こうしやく》様はお気に召したってことですか？」

「そこそこ、お気に召したと言っておこうか。アンダーの砂糖菓子と同じくらいには、お気に召したようだ。君とアンダー二人に、作品作りを任せるおつもりらしい。これ以上職人は必要ないと仰《おつしや》ったからな」

「あ……ありがとうございます」

認められたと分かって、ひとまず安心した。

だが手放しで喜べないのは「そこそこ気に入った」と、言われたからだろう。

そこそこ、とはどういう意味だろう。精度を上げろ、とは、どうすることなのだろうか。

疑問が大きすぎて、喜べない。

とりあえずアンは長屋の荷物をまとめ、天守に移った。

アンが使う部屋として案内されたのは、天守に四つある塔《とう》の一つ。西南に位置する塔の一番上だった。ジョナスの部屋は、アンの下だということだった。

塔をあがるとき、ジョナスの部屋の前を通った。扉《とびら》は閉まっており、中の様子を見ることは出来なかった。

アンにとって城の天守は、構造が複雑すぎる。おいそれと、一人で出歩けるものではなかった。広間から自分の与《あた》えられた西南の塔に行くまで、階段の上り下りを、何度もした。細い廊《ろう》下《か》をいくつも曲がった。それだけで方向感覚が狂《くる》った。

部屋に到着《とうちゃく》するなり、アンの部屋には五つ以上の、銀砂糖の樽《たる》が運ばれた。どれだけ使ってもかまわないらしい。

そのかわり、すぐに作品作りに取りかかるようにと、デールから命じられた。

作品ができあがったと思うときは、部屋につるされた紐《ひも》を引けばいいということだ。召《め》し使い部屋で鈴《すず》が鳴り、作品の完成をアルバーンに伝える手はずになっているという。

ヒューの城とは違い、アンは客人ではなく、ただの職人の扱《あつか》いだ。石の壁がむき出しの、質素な部屋だ。ベッドも一つ。長屋よりも狭《せま》くなり、不便になってしまった。

そのかわり、自分たちで食事を準備する必要はない。

朝と夜の二回。城の厨房《ちゅうぼう》から、食事を運んでくれるらしい。

お茶を飲むための湯も、お願いすれば運んでくれるということだ。

部屋に移った早々、アンは作業台に砂糖菓子を置き、眺《なが》めはじめた。

「雰囲気はいいって仰ったのよね。それで、精度を上げろ、と。全体の構造は壊《こわ》さずに、細部を作り込むのがいいのかな。でもあまり細かな細工をすると、全体にうるさくなるしな」

シャルはいつものように、部屋から出て行った。

ミスリルは窓辺に座り、アンの手伝いができるまで辛抱《しんぼう》強《づよ》く待っている。

「アン⁉」

背後から、仰天《ぎょうてん》したような声がした。

ふり返ると、出入り口の扉から、ジョナスが顔を見せていた。

「上から音がすると思ったら。どうして、君が？」

「わたしも、ここに移るように言われたの」

「君も……」

呆然《ぼうぜん》としたジョナスにかわって、彼の足もとから声がした。

「あなたなんか、ジョナス様にかなうものですか。ね、ジョナス様！」

キャシーだった。アンを睨《にら》みつけている。彼女に勇気づけられるように、ジョナスもひきつりながら笑った。

「ま、まあ、ね。僕は、負けないから」

「わたしも、負ける気はない」

決意をこめて、応じた。

四章　いつわりのさよなら

階下で、鈴が鳴る。

アンが天守の部屋に移ったその日の夜、ジョナスは鈴を鳴らした。アンがやってきたことで、彼は焦《あせ》ったのかもしれない。すぐに誰《だれ》かがジョナスの部屋にやってくる音がして、また出ていった。

もしやジョナスの作品が先に出来あがり、フィラックス公に認められたのだったら、どうしようか。そんな不安を感じた。だが階下にそれ以上の動きはなく、朝が来た。

ジョナスの砂糖菓子が認められたから、アンは砂糖菓子作りをやめて出ていくようにという命令も、来なかった。

だからアンは朝から、砂糖菓子を作り続けていた。そして今。太陽は高い位置にあった。

ミスリルと一緒《いっしょ》に作業を続けていたアンは、階下の鈴の音に驚《おどろ》いて、顔をあげる。

「ジョナスの鈴よね？　昨日の夜に一度完成して、鈴を鳴らして、また鳴らしてるの？　昨夜《ゆうべ》指摘《してき》された箇所《かしょ》をなおしたとか、そういうことなのかな？　先を越《こ》されちゃったかな」

もうすぐ、アンも完成の合図を鳴らそうかと思っていたときだった。当然、焦った。

不安そうなアンの様子に、ミスリルが立ちあがった。

「よっし！　俺様が一肌脱《ひとはだぬ》いでやる」

「なにするの？」

「覗《のぞ》いてくる」

勇ましさとは裏腹に、ポケットから取り出した自分用のハンカチでほっかむりすると、ミスリルはこそこそと部屋を出ていった。

結果はどうだったのか。早く知りたくて、じりじりとミスリルを待っていると、散歩に出ていたシャルが帰ってきた。右手に、じたばた暴れるミスリルをぶら下げている。

「放せよ！　放せ！　シャル・フェン・シャル！」

「どうしてシャルが、ミスリルを？」

アンが目を丸くしていると、シャルは摑《つか》んでいたミスリルの首根っこを離《はな》した。

ミスリルは、どたりと床《ゆか》に落ちて、ギャッと悲鳴をあげた。

「散歩から帰ってきたら、ジョナスの部屋に入りこもうとしているところに、出くわした。妙《みょう》なことをしでかすつもりかもしれないから、捕《つか》まえた」

「別に妙なことなんかしようと思ってない！　ただちょっと悪戯《いたずら》して、完成合図の鈴を鳴らしてやろうかと思っただけだい！」

床に座りこみ腕《うで》組みし、ミスリルはふんとシャルにそっぽを向く。アンは驚いて、

「覗いてくるって、そんな悪戯する気だったの!?」

と、声をあげた。ジョナスは嫌《いや》な奴《やつ》だが、だからといって仕返しめいたことをするのも、ど

うかと思う。するとミスリルは、ちょっと慌《あわ》てたように立ちあがる。

「いや、待て、アン！　誤解するな！　本当に覗きに行っただけなんだ。けど、あいつがめちゃくちゃ落ちこんでるから、嬉《うれ》しくなっちゃって。追い打ちをかけようかと」

「嬉しくて追い打ちって……さらに悪いじゃない……」

呟《つぶや》いたアンの背後で、シャルが言う。

「そうだな。そんな悪戯よりも、やるならもっと、思い切った方法がいい」

「思い切った方法って、なに⁉　悪戯だってそうだけど、思い切った方法なんて、人としてもっとだめじゃない！」

するとミスリルとシャルは、お互《たが》いにちらりと顔を見る。そして、

「俺たちは、人じゃない」

声をそろえて言った。アンはがっくりして、額を押さえる。

「ああ。そうね。……もう、いいや……」

二人の妖精《ようせい》をさとすことは、あきらめた。

「でもジョナスが落ちこんでたってことは、砂糖菓子《がし》は公爵《こうしゃく》様のお気に召《め》さなかったのかな」

アンが言うと、ミスリルは腕組みし、うんうんと頷《うなず》く。

「絶対そうだと思うぜ。しかもあいつ、顔に青痣《あざ》なんか作ってやがった。あれはキャシーと痴《ち》話喧嘩《わげんか》でもしたんだな。なかなか素晴《すば》らしい状況《じょうきょう》だ」

ミスリルの言葉に、シャルは怪訝《けげん》な顔つきをした。アンも首をひねる。

「キャシーがそんなことするかな？」

あのジョナス第一主義のキャシーが、ジョナスに手をあげるとは思えない。階段か部屋の中で、転んでぶつけただけかもしれない。

「それで。おまえの砂糖菓子は、できたのか？」

シャルが訊《き》いた。アンは、背後にある自分の作品を見た。

「うん。もう、いいと思う」

「合図をしてやろうか？」

嬉しげにミスリルが、紐《ひも》にとりつく。

本当のところ、公爵が口にした「精度をあげろ」という言葉の意味が、今ひとつ呑《の》み込めていない気がした。細工を細かくしろという意味に捕《と》らえ、アンは、妖精のドレスのドレープをさらに増やし、裾《すそ》にすかしの模様を入れた。

だがこれ以上作品をこね回しても、バランスが崩《くず》れるだけだと感じる。決意して、頷く。

「お願い」

ミスリルが紐を引くと、鈴の音がアンの部屋の中と、廊下《ろうか》の外、そして遠くのどこかで、連動して鳴り響《ひび》いた。間もなく、階段を上る硬《かた》い靴音《くつおと》が聞こえた。

ノックもなく、部屋の扉《とびら》が開かれた。

「公爵様……？」

現れたのは、フィラックス公アルバーン本人だった。背後に小姓《こしょう》を従えていたが、まさか本人が突然《とつぜん》、こんな寒々しい部屋にやってくるとは思わなかった。本来ならばありえないことだ。

アンは慌てて床に跪《ひざまず》いて、顔を伏《ふ》せた。だがアルバーンは、アンの姿など目に入っていないようだ。まっすぐ作業台の前に進むと、砂糖菓子を見る。

公爵の反応を見ようと、アンは顔を伏せたまま、目だけを少し上げた。

公爵の手が見えた。その手は怒《いか》りをこらえるように、ぎゅっと握《にぎ》りしめられている。

「変わっていない」

アルバーンは、呟いた。

「え……」

言葉の意味が分からず、アンは顔をあげた。

アルバーンが、アンを見ていた。目に、わずかな怒りがある。

「私の言葉を聞いていなかったのか。私は、肖像画《しょうぞうが》に描《えが》かれた妖精を、形にしろと命じた。昨日は、精度を上げろとも命じた。これは昨日のままだ。なにも変わっていない。おまえも、階下の職人も、なにもわかっていない」

それだけ言うと、彼はさっときびすを返して出ていった。アンは呆然《ぼうぜん》とした。

「どういう意味なの？」

——どこが不満だ？

シャル・フェン・シャルは壁《かべ》に背をつけ、アンが作った砂糖菓子を眺《なが》めていた。

アンは自分の砂糖菓子のなにがいけないのか、悩《なや》み続けている。昼間から砂糖菓子の前に座りこみ、動かない。夕食もそこそこに、再び座りこむ。暗くなり、ミスリルがランプをつけたときだけ、気がついたらしい。ありがとうと礼を言ったが、再び砂糖菓子を眺めている。

アンの混乱が、シャルにも理解できた。

シャルが見た限り、アンが最初に完成させた砂糖菓子は、ほぼ完璧《かんぺき》なできばえだった。あの作品の精度は、あれ以上あがらない。あれが完璧な姿なのだ。そこからなにかを足しても引いても、バランスが崩れる。

アルバーンがなにを不満に思っているのかが、わからない。

ミスリルも真面目《まじめ》な顔で窓辺に座り、アンが考えをまとめるのを、おとなしく待っていた。しかし睡魔《すいま》には勝てないらしく、うとうとしている。

「別の方向性から作ってみようかな……」

真夜中過ぎ、アンがぽつりと呟いた。そしてすっくと立ちあがる。

「これをいじり回すと、全《すべ》てが壊《こわ》れるってことは、これの精度を上げてもだめだっていうことなのよ。別のものを作って……もっと、写実的に……」

ぶつぶつ言いながら、テーブルの上のランプを引っつかみ、扉から出ていこうとする。

「迷子になる気か？」

声をかけると、アンははっと正気づいたように彼の方をふり返った。

「どこへ行く」

「あの妖精の肖像画を、もう一度見てくるの。確か広間にあったはずだから。もう一度見て、それから、作品の方向性を写実的なものへ変えていくわ」

「で、広間へは無事にたどり着けるのか？」

問うとアンは、びっくりしたような顔をしたあと、うなだれた。

「そうだった……忘れてた……」

そしてすまなそうに、シャルを見る。

「こんな夜中だけど、ついてきてくれないかな？　だめかな？」

「行くぞ」

背を壁から離《はな》し、アンの手からランプを取りあげた。彼女の前に立ち、広間に向かった。

広間は当然、真っ暗だった。そこでランプの明かりを、肖像画にかざした。

空気は冷たく、アンは自分の両腕《りょううで》で両肩を抱いていた。吐《は》く息が白い。

柔《やわ》らかな微笑《ほほえ》みを浮《う》かべる肖像画の妖精を見つめながら、シャルはふと思った。

「フィラックス公は、砂糖菓子として素晴らしいものを、求めているわけではないのか？」

そう言葉にすると、アンが不思議そうにシャルを見あげる。

「どういうこと？」

「素晴らしい砂糖菓子が欲しいだけなら、おまえの作品は、充分納得《じゅうぶんなっとく》できるもののはずだ」

「でも、公爵様は満足してない。わたしが作ったものは、あの方が欲《ほっ》しているものじゃないのよ」

アンは再び肖像画に視線を戻《もど》すと、肖像画に挑《いど》むかのようにじっと見すえる。その横顔は、いつもの彼女よりも大人びていた。

翌日から五日間をかけて、新しい砂糖菓子を作った。

大きさは前回と変わらないが、表現をがらりと変えた。

幾度《いくど》も肖像画の前に足を運び、その細部に至るまで顔かたちを頭にたたき込んだ。そして肖像画をそのまま立体にしたような、写実的な表現で作品を作った。

前回の作品と違《ちが》い、いくぶん空気感は薄《うす》れた気がした。かわりに写実的な表現にふさわしい、鮮明《せんめい》な色遣《いろづか》いと、線の鋭《するど》さを強調した。そうしなければ、砂糖菓子の作品としてはどこか焦《しょ》点《うてん》の定まらない、ぼんやりした印象になるからだ。

これで完璧だと思った。だが今一度確認《かくにん》のため、肖像画を見に行くことにした。

五日間で、何十回となく広間と部屋を往復した。おかげでその道筋だけは、シャルの付き添《そ》いがなくても行き来できるようになっていた。

「ちょっと絵を見てくるね」

テーブルの片付けをするミスリルに言い置いて、部屋を出る。

シャルはいつもどおり散歩に出ていた。

夕暮れ時。塔《とう》の中を螺旋《らせん》状にめぐる階段には、小さな窓がある。そこから海風と、夕焼けの太陽の光、そして潮の香《かお》りが吹《ふ》きこんでくる。

部屋を出た途端《とたん》に、ひやっとした空気が首筋を撫《な》で、くしゃみが出た。ぶるりと胴震《どうぶる》いして、階段を降りはじめる。

すると、アンが通りかかったのを見計らったように、ジョナスの部屋の扉が開いた。

ジョナスが、顔を覗《のぞ》かせる。憔悴《しょうすい》した表情だった。

この五日間、階下からも鈴の音は聞こえなかった。だからジョナスも、作品の作り直しに取りかかっているのだろうとアンは思っていた。

「アン」

呼び止められたので、立ち止まる。彼に呼び止められたのが、意外だった。

「なに?」

「君、なにしてるの?」

「なにって、あの妖精《ようせい》の肖像画を見に行くのよ」

するとジョナスは、信じられないといった表情をした。

「もしかして、作品を作ってるの?」

「当たり前でしょう。ジョナスは、作ってないの?」

「作れないよ。あいつの言ってること、さっぱり分からない。もう、やめたいよ……」

彼が弱音を吐いたことに、驚《おどろ》いた。

「なに言ってるの？　まあ、やめてくれたら、わたしは助かるけど」

「そんなこと言ってられるの、今だけだよ！」

突然かっとしたように怒鳴《どな》ると、ジョナスは扉を閉めた。扉を閉める瞬間《しゅんかん》、彼の左頰《ほお》に青い痣《あざ》が見えた。

「ジョナス？」

追いつめられたようなジョナスの態度が、気になった。敵視しているアンが通りかかるのをわざわざ呼び止めて、弱音を吐くなんて。なにかがあったとしか思えない。

もしかしてアンに、助けを求めたのだろうか。もしそうなら、ゆっくり話を聞いて、どうしたのか相談に乗ろうかと、しばらく考える。

しかしルイストンでジョナスにされた仕打ちを思い出すと、自分がとことんお人好《ひとよ》しの馬鹿《ばか》に思えた。そのまま広間に向かう。

今一度肖像画を確認して、部屋に戻った。そして、完成の合図を鳴らした。

姿を現したのは、やはりアルバーン本人だった。

目をすがめてしばらく砂糖菓子《がし》を眺めたあと、彼はぎらぎらする目でアンを睨《にら》んだ。全身から、冷気に似た怒《いか》りが立ちのぼるのが見えた気がした。

「これは、なにを作った？」

「絵画に描かれた妖精です」

「ちがう。これでは、まったく違う」

その言葉に、驚く。よもや「まったく違う」とまで言われようとは思わなかった。

今回は前回の作品よりも、より写実的にしたのだ。違うはずはない。

——そんなはずない。そっくりに作ってる。なにが違うというの？

混乱する。思わず、訊《き》いた。

「では、なにが違うんですか。教えてください」

「全部だ」

「どういう意味ですか？　わたしは肖像画を何度も確認して、そっくりに作りました。細かく細工をして精度も上げて、砂糖菓子として全てのバランスを整えて作りました」

「意味もなにもない！　全てが違う、それだけだ！　これは似ているだけの、偽物《にせもの》だ！　こんなものは、見たくもない！」

叫《さけ》ぶと、アルバーンはいきなり台の上にあった砂糖菓子を叩《たた》き落とした。

一瞬《いっしゅん》、呼吸が止まった。床《ゆか》の上で、砂糖菓子が砕《くだ》け散った。

アンは、動けなくなった。自分が五日間をかけて作りあげた作品が砕けた衝撃《しょうげき》と、アルバーンが突如《とつじょ》、怒りを爆発《ばくはつ》させたことに対する恐怖《きょうふ》に、足がすくむ。

「形にしろ。形にするのだ」

アルバーンはそれだけ吐き捨てるように言うと、部屋を出ていった。

疲労感《ひろうかん》に、アンはその場にへたり込んだ。石の床は冷たいはずだが、それを感じなかった。

ミスリルがあわてて、アンに駆《か》け寄る。呆然《ぼうぜん》としている彼女の頬を、ぺちぺちと叩く。

「アン、アン。大丈夫《だいじょうぶ》かよ。しっかりしろ、アン」

「……砂糖菓子が……」

じわりと、涙《なみだ》がにじむ。

「これは、どうした？」

部屋の出入り口から、声がした。ゆっくりと首を廻《めぐ》らせると、シャルがいた。散歩から帰ってきたらしい。床にへたり込むアンと、砕けた砂糖菓子を見て、険しい顔をしている。

「フィラックス公がしたことか？」

ミスリルに向かって、シャルが問う。ミスリルが頷《うなず》くと、彼は状況《じょうきょう》を察したらしい。

ゆっくりとアンの前まで来ると、片膝《かたひざ》をつく。

「手は、あげられなかったか？」

抑揚《よくよう》のない声音《こわね》だったが、それでも彼の気遣《きづか》いは充分伝わってくる。

「……うん」

「フィラックス公は、あれで満足しなかったんだな？」

アンが頷くと、シャルは軽く溜息《ためいき》をついた。そして静かに切り出した。

「フィラックス公が求めているものは、おまえにも、誰《だれ》にも分からないものだろう。まともに砂糖菓子を作ったところで、納得するとは思えない。手を引いた方がいい」

「……え？」

「千クレスも、名誉《めいよ》も手に入れる必要はない。手を引いて、ここを出るべきだ」

「この仕事を、途中《とちゅう》でやめるってこと？」

「そうだ」

「でも、わたし。引き受けたの。できますって」

「できないこともある」

するとミスリルも、同意した。

「そうだよ、アン。俺もこの仕事、やめた方がいいような気がする。千クレスは惜《お》しいけど」

――仕事を、やめる？

できないと言って、いったん引き受けた仕事を投げ出す。わたしが作品を完成させられないのは、あなたの要求するものが、よく分からないからだ。あなたのせいだ、と言って。

――いやだ。

胸の奥で、理性とは全く別の、意地のようなものが呻《うめ》く。

――できないと、言いたくない。

「できないのは、わたしが悪いのよ。公爵様が求めているものが分からないのは、わたしが、悪いの。だって、相手の求めているものを作るのが、当然なのに。それが分からないのは、わたしが甘えてるの」

衝撃を引きずっていたので、涙声になった。

「奴《やつ》の望みは、常軌《じょうき》を逸《いっ》しているものかも知れない。砂糖菓子で作れないものかもしれない」

——本当に、作れないものを要求しているの？

今までのアルバーンの言葉や表情を、思い返す。考えていると、興奮していた気持ちが治まってきた。そしてアンは、一瞬だけ、アルバーンが見せた表情を思い出した。

「作れないもののはず、ない」

はっと、顔をあげる。

「砂糖菓子で作れるもののはずよ。だって最初、公爵様はわたしの砂糖菓子を見たとき、一瞬だけ嬉《うれ》しそうにした。けどよく眺《なが》めたあとに、違うといった。砂糖菓子で表現できるものの範《はん》囲《い》じゃなければ、あんな顔もしないと思う。だから」

その言葉を聞き、ミスリルが呆《あき》れたように言った。

「要するにアンは、仕事を続けるって、そう言ってんのか？」

「やめたくない。二人とも心配してくれてるのに……でも……」

「作るのはおまえだ。おまえが決めればいい」

シャルは素っ気なく言うと、立ちあがった。

「ごめんね、シャル。ミスリル・リッド・ポッド。つきあわせる羽目になるけど」

「おまえ以外に、つきあって暇《ひま》つぶしができるほど、面白《おもしろ》い相手はいないからな。かまわない」

憎《にく》らしいことを言いながらも、アンの手を取り、立ちあがらせてくれる。

「まあ、アンが馬鹿なのはよく知ってるから、驚かないけどな」

ミスリルも、呆れたような顔をしながらも頷いてくれた。

仕事を放《ほう》り出すことは、したくなかった。

それは意地だった。自ら白旗を揚《あ》げて逃げ出すことが、いやだった。

アンには砂糖菓子を作ること以外、やりたいことも取り柄《え》もない。それなのに、この唯一《ゆいいつ》のものを一度でも放棄《ほうき》したら、自分の武器が掌《てのひら》から滑《すべ》り落ちてしまう気がする。

しかしこうやって意地になって仕事を続けることに決めても、どのように砂糖菓子を作ればいいのか。わからないことに、いまだ変わりはない。

その夜はとりあえず、ゆっくり休むことに決めた。

銀砂糖には、手を触《ふ》れなかった。心を落ち着かせ、なにかを新たに摑《つか》む準備だ。

夕食を終わらせ、テーブルについて温かいお茶を飲んでいた。寝《ね》る前に体を温めるためだ。

シャルにもお茶をあげた。彼は片腕《かたうで》をテーブルに預け、湯気が立ちのぼるカップの上に掌をかざしてお茶を楽しんでいた。シャルは部屋に漂《ただよ》う、熟成したお茶の香《かお》りが好きな様子だ。ときおり目を細めると、その度《たび》に羽が穏《おだ》やかなうす緑色に輝《かがや》く。

ミスリルは、ここ数日の作業で疲《つか》れがたまっているらしい。夕食のあと、すぐにベッドにもぐりこんでしまった。ぐうぐう寝息《ねいき》を立てているのを見て、悪いことをしたと思う。作業に夢中で、こんなに疲れているのを、気がついてあげられなかった。

この部屋に移動してから、ベッドは、ミスリルとアンが使っている。シャルは革《かわ》の敷物《しきもの》を床に敷《し》き、毛布を一枚使って眠《ねむ》る。そのこともアンは、気になっていた。

「シャル。今夜はベッドを使って寝て。わたしが、そっちの床で寝るから」

「寝てもいいが、ミスリル・リッド・ポッドはベッドから放り出す。歯ぎしりがうるさい」

「そんなひどい！　やめてよ」

「なら、俺は床で寝る。それでいい」

アンはぐったりした。結局シャルは、ベッドを使う気がないだけなのだ。それなのに妙《みょう》なはぐらかされ方をすると、いちいちまともに反応するこちらが疲れる。

「シャル。いったいいつから、そんなひねくれちゃったの？」

「百年以上生きて、少しもひねくれない奴がいたら、そうとうおめでたい」

そしてテーブル越《ご》しにアンを見て、意地悪く笑った。

「おまえは百年生きても、中身は変わりそうにないな」

「どういう意味、それって？　本当に、可愛《かわい》くないというか……。でも百年前なら、シャルだって可愛かったのかしらね〜」

「百年前ならな」

「可愛かったの!?」

想像できなかった。だがアンに赤ん坊《ぼう》の時があったように、シャルにもそんな時があったのだろう。生まれたときのシャルは、どんな表情をしていたのか。少年のように、無邪気に笑ったりしたのだろうか。見てみたかったと思う。リズなら、それを見たはずだ。

――リズ。

また嫉妬《しっと》に似た気持ちが、頭をもたげる。それを呑《の》みこみたくて、冷めかけたお茶を呷《あお》る。

お茶は喉《のど》を通るが、呑みこみたい嫌な気持ちはそのままだ。

穏やかなシャルの横顔を見ていると、リズのことを訊《き》きたい衝動《しょうどう》が、喉もとまでこみあげる。

「眠ったらどうだ？」

急にアンが黙《だま》ったので、シャルは彼女が眠いのだと勘違《かんちが》いしたらしい。

しかし眠いどころか、どこか気持ちが冷えていて頭が冴《さ》えている。

両手で包むようにして、空っぽのお茶のカップを見つめる。そして、

「リズって……」

とうとう、その名が口から出た。しまったと、自分でも思った。

だが続きの言葉は、止まらなかった。

「どんな子だったの？　綺麗《きれい》だった？」

「綺麗？」

なぜアンが、そんな質問を口にしたのか。シャルは疑問にも感じていないらしい。ただの世間話の続きだと、思っているのかもしれない。

シャルはリズの姿をそこに見ているかのように、なにもない空間に視線を固定した。

「綺麗だった、と思う」

「瞳《ひとみ》は何色だったの？　髪《かみ》は長い？　優《やさ》しかった？」

「青い瞳をしていた。髪は長かった。五歳の時から、切ったことがなかったからな。優しい…

…というよりは、大人びていた。物静かで、思慮深《しりよぶか》かった」

──綺麗で、大人びていて、物静か。思慮深い女性。

自分は、綺麗じゃない。子供っぽいし、騒《さわ》がしい。考えが足らないところも、たくさんある。

そんな卑屈《ひくつ》な考えが、次々に心に浮《う》かんでくる。

──羨《うらや》ましい……。

羨ましくて、羨ましくて、しかたなかった。シャルの黒い瞳が見つめる先には、いつもリズがいるのだろう。綺麗《きれい》な横顔を見ると、その考えが胸にくいこむ。

ふとシャルが、アンの方を見た。そしてわずかに、目を見開く。

「どうした？」

彼が、なにに驚《おどろ》いたのか分からなかった。

ぽつり、と。

自分の手元に落ちた水滴《すいてき》で、気がついた。自分の頬《ほお》を触《さわ》る。自分は、泣いているのだ。

「あ……、なに、これ。わたし……」

止めようと思ったが、あふれてくるものは止めようがなかった。

シャルは彼には珍《めずら》しく、当惑《とうわく》した顔でこちらを見ている。

ここ数日、砂糖菓子《がし》で悩《なや》み続けていた。さらに今日は、アルバーンに砂糖菓子を砕《くだ》かれた。

そのためなのだろうか。仕事を続けようと決意はしたが、疲れと衝撃《しょうげき》のために、気持ちが不安定になっている。普段《ふだん》ならこんなことで、泣いたりしない。そもそもリズのことを訊くなんて、馬鹿《ばか》なことはしなかった。自分の涙《なみだ》で、やっと自分の馬鹿さ加減に気がついた。

顔を見られたくなくて、シャルに背を向けた。そのまま動けない。

この涙の理由を訊かれたら、どうしようか。それればかり考えていた。

「なにか気に障《さわ》ることを言ったか？」

「ちがう……」

首をふるが、顔はあげられない。声をかけられると、さらにどっと涙があふれる。

しばらくすると、シャルが立ちあがった気配がした。気を遣《つか》ってくれたのだろう。彼はそのまま、部屋を出ていった。

自分はなんて馬鹿なのだろうかと、アンは激しく後悔《こうかい》した。

ようやく治まった涙を、ごしごしとドレスの袖《そで》でぬぐう。

シャルに、嫌な思いをさせたに違《ちが》いない。この涙のわけは、シャルが悪いのではない。彼にそう伝えなくてはならない。そしてはやく部屋に帰ってもらって、休んでもらった方がいい。

アンもよく眠って、気力を回復するのだ。そしてまた明日から、仕事に取りかかるのだ。

そうすればこんな嫌な気持ちは、すぐに忘れられる。

ランプを手に部屋を出ると、階段に向かった。階段の上と下を照らし、

「シャル？　シャル、いない？」

呼んでみるが、返事はない。

彼は一人でふらふらと出ていくときは、よくこの塔《とう》の屋上にいる。そこで屋上まで上がって

みた。しかし強い風が暗闇《くらやみ》を吹《ふ》き抜《ぬ》けているだけで、彼の姿はなかった。念のため広間にも行ってみたが、そこにもいない。

それ以外の場所は、一人で行っては迷子になる。仕方なく、自分の部屋に戻《もど》った。

部屋の前に来ると、出入り口の扉《とびら》が少し開いていた。出ていくときには、きっちりと閉めたはずだった。もしかしたらと思い、急いで扉を開ける。

「シャル⁉」

そこにいたのは、別人だった。

「ジョナス？」

「やあ、アン」

彼には珍しく、緊張《きんちょう》した顔だった。

「どうしてわたしの部屋にいるの？」

「ちょっと用事があってね。ねぇ、これ、なんだか分かる？」

そう言ってジョナスが右手を挙げて、つまんでいるものを見せた。それは掌《てのひら》ほどの大きさの、妖精《ようせい》の羽だった。

「その羽」

はっとしてベッドを見ると、ミスリルがうなだれて座っていた。

アンの視線に気がついたらしく、ミスリルは顔をあげ、泣きそうな表情になった。

「アン。ごめんな。俺、寝込んでて……。こいつに羽を、取られちゃった」

ミスリルは背に一枚、自分の羽を持っている。妖精狩人《かりゅうど》にもぎ取られたもう一枚の羽は、アンが取り返した。それはもう、背中に戻すことが出来ない。だからミスリルは自分の羽を、首にスカーフのように巻いて身につけていた。彼の首に巻かれていたその羽が、なくなっている。

「ジョナス。なんでそんなことするの。羽を、返して。わたしが気にいらないなら、わたしに直接なんでもしたらいいじゃない」

怒《いか》りのため、声が震《ふる》える。

「君に、なにをしようとも思ってないよ。君に、してもらいたいことはあるけれどね」

そう言ったジョナスには、優位に立っている者の余裕《よゆう》が見えない。彼もなにかに追いつめられているかのように、せっぱ詰《つ》まった目をしている。

「わたしに?」

「そう。君に。君は今からシャルに、お願いするんだ。『もう自分と一緒《いっしょ》にいて欲しくないから、城から出て行ってくれ』ってね。『二度と自分の前に顔をだすな』って」

「どうして!?　そんなこと!」

「できないはず、ないよね」

ミスリルの羽を、ジョナスがぎゅっと両手で握《にぎ》る。

ミスリルが悲鳴をあげて、ベッドから転げ落ちた。

「やめて!!」

ジョナスに飛びかかろうとしたが、彼はひらりと身をかわし、羽を高く差しあげた。

「僕はミスリルを連れて、自分の部屋に引きあげる。キャシーを、残しておく。君がちゃんと僕の言うとおりにしてくれて、シャルを城から追っ払《ぱら》ってくれたら、羽を返してあげるよ。でももし君が僕のことを喋《しゃべ》ったりしたら、キャシーが聞いてる。それを聞いたらキャシーはすぐに、僕のところに知らせに来る。そして僕は、この羽を引き裂《さ》くから」

「ジョナス、あなたって……」

「さ、来いよ。ミスリル」

睨《にら》みつけるアンを横目に、ジョナスは急いで部屋を出た。

ミスリルは出ていくとき、アンとすれちがいざま、ごめんと謝った。

なぜジョナスがこんなことをするのか、わけが分からなかった。怒りに目がくらみそうだった。ミスリルを人質《ひとじち》に取るなんて、卑怯《ひきょう》すぎる。

「わたしが見ているからね、アン」

窓辺から、声がした。キャシーが脚《あし》を組んで窓辺に座り、薄笑《うすわら》いを浮かべてアンを見ていた。

「あなたが余計なことを言ったら、すぐにジョナス様に報告に行くわ」

それだけ言うとキャシーは、足の先からすうっと色が抜けはじめる。徐々《じょじょ》に透明《とうめい》になり、姿が見えなくなる。姿を消すのは、彼女の特殊《とくしゅ》な能力だった。

「どうして、こんなこと」

怒りに興奮していた。だが今は、ジョナスの言うとおりにしなければならない。それだけは理解できた。

なぜ、アンは泣き出したのか。よくわからない。

リズのことを訊《き》かれたから、訊かれた範囲《はんい》のことを淡々《たんたん》と話していただけだと思う。

なのに、アンは泣き出した。

そういえばリズと過ごした十五年。彼女が十五歳になった頃《ころ》から死ぬまでの、五年間ほど。彼女の考えていることが分からないことが、度々《たびたび》あった。リズもアンのように、突然《とつぜん》泣きだしたり、怒りだしたりしたことがある。その時リズは、必ず言った。「愛しているから」と。

それはシャルも、同じだった。成長していく子供は愛らしく、心から愛《いと》しかった。

だから彼女が幸せになるために、最良の道はなにかを、よく考えていた。その結果リズが自分と離《はな》ればなれになっても、しかたがない。自分と共にあって不幸なよりは、確実に彼女を幸せにしてくれる誰《だれ》かに預けるほうがいい。そのほうが、安心だ。それで満足だった。

しかし、リズは泣いた。「愛しているから」と繰《く》り返すから、自分も同じだと答えた。

けれどリズは、「あなたの愛しているのと、私の愛しているは、違う」と言った。

わけがわからなかった。そして混乱の中で、リズは殺された。

リズが殺されてからの二十年は、憎悪《ぞうお》と怒りにまかせて、復讐《ふくしゅう》を果たした。

しかしそれが終わると、虚脱《きょだつ》した。

人間に対する怒りと憎悪は、胸の奥にくすぶっていた。だが、なにもかもが、どうでもよくなった。そしてうつろなまま、八十年近く。

よく考えてみれば、自分は、人間や妖精と気持ちを通わせるような経験は、リズとともに過ごした十五年しかない。圧倒的《あっとうてき》に、経験がない。おそらく十五歳のアンと同様。もしくは、それ以下かもしれない。

憎悪や怒りや諦《あきら》めは、よく知っていた。

だが、それ以外はよく分からない。だから、アンの気持ちを測ることが難しい。

真夜中を過ぎるまで、城壁《じょうへき》の歩廊《ほろう》の上にいた。真っ暗な空間に、潮の香《かお》りを含《ふく》む強い風が、やむことなく吹き続けている。頭を冷やすのには、ちょうどいい。

星は高い位置にあり、真冬らしくその輝《かがや》きは冴《さ》えている。星の位置で時間を計る。もうそろそろアンは眠《ねむ》った頃だと思い、部屋に向かう。

なにがあっても、アンは一晩眠ればけろりとしている。さっきのようなことがあっても、アンが眠って、朝になってくれれば、全《すべ》て丸く収まるのだ。

部屋にはいると、意外なことにアンは起きていた。テーブルにランプを置いて、じっと椅子《いす》に座っている。シャルが部屋に入ってきた気配に、はっと顔をあげる。強《こわ》ばった表情だ。

近づくと、いたたまれないようにうつむく。

「シャル……お願い。ここから、……出ていって欲しい」

「別の部屋に寝《ね》ろと？」

問い返すと、アンは首をふった。

「違う。お城から、出ていって欲しいの。それで……二度と、来ないで。わたしのところに」

言葉の意味が、すぐに頭に入らなかった。しかしゆっくりと、しみこんできた。

「一緒にいたくないと、そういうことか」

アンは顔をあげないまま、こくんと頷《うなず》く。

――こいつは、突然、なにを言い出した？

怒りに似たものが、胸の中にふくれあがった。しかし怒りとは違い、それが熱に変わることはなく、ただ大きくなり胸を圧迫《あっぱく》するだけだった。苛々《いらいら》した。

「理由は？」

それだけは訊いておかなければ、この苛々は治まらないと感じた。

しかしアンは首をふるばかりだ。

「理由だ」

再度問うと、切れ切れに答えた。

「シャルのせいじゃない……、わたしの、せい。ごめん。だから、訊かないで」

それが精一杯《せいいっぱい》らしく、アンはうつむいたまま動かなくなる。肩《かた》が小刻みに震える。

先刻、アンが泣き出したときと一緒だ。理由がまったく分からない。けれど彼女には、彼女なりの理由があるに違《ちが》いない。

突然、胸の中にすっと、冷えたものが入りこんだ。すきま風が吹《ふ》いたように。

——必要とされていないのに、とどまる必要があるか？

八十年間、慣れきった虚脱の感覚が甦《よみがえ》る。二ヶ月半の間、すっかり忘れていた。

——なにもかも、こんなものなのかもしれない。突然、終わる。

これ以上、アンに問いを発しても無駄《むだ》だと思ったし、また、未練がましく問いかける理由も見あたらなかった。

アンと一緒に行こうと誓《ちか》ったとき、確かに彼女に必要とされていると感じた。それがあるから、一緒にいた。それだけなのだ。

そうでないとはっきりと言われたならば、もうなにを問う必要もない。

シャルはアンに背を向け、歩き出す。甦る虚脱感。だが胸の中に、異物を呑《の》みこんだような苛々した気持ちの固まりがある。この違和感《いわかん》は、初めてだった。

シャルは城を出た。


去っていくシャルの靴音《くつおと》を聞くと、涙《なみだ》をこらえることが出来なかった。

うつむいたまま、膝《ひざ》の上にぽたぽたと涙が落ちた。

「よくやったじゃない」

姿を現したキャシーが、窓辺から飛び降りるとテーブルに飛び乗った。

「泣いてるの？　あなた」

アンは袖口《そでぐち》で涙をこすると、キャシーから顔を背《そむ》けた。彼女はしらけたように、ふんと鼻を鳴らすと、ジョナスを呼びに行くために出ていった。

シャルを拒絶《きょぜつ》した。そのことで、ジョナスに対する怒《いか》りもなにもかも、どっと体から出てしまい、疲労感《ひろうかん》があった。ぐったりと、椅子の背にもたれかかる。

──シャルは、わたしのことをなんて思っただろう。わがままな奴《やつ》だって思ったに違いない。そして離れられて、せいせいしてるかもしれない。これでやっと、本当の自由だって。

そもそも。彼がアンと一緒にいてくれた理由が、よくわからない。おそらくアンが彼の羽を返したことで、恩を感じてくれていたのだろう。けれどこうやって彼女の方から拒絶すれば、よろこんで出ていくはずだ。シャルは、さばさばした気持ちで城から出て行くに違いない。

そう考えると、また涙がにじむ。

「やってくれたんだね、アン」

ジョナスが部屋に入ってきたので、アンはぐっと涙をこらえた。

泣いてる姿など、彼には見せたくない。立ちあがると、ジョナスに詰《つ》め寄った。

「さあ。ミスリル・リッド・ポッドの羽を、返して」

「まだだよ。明日、君と僕とでフィラックス公に会うんだ。そして君は、僕の言うことに、何一つ反対しないで。僕の言うとおりだと、それだけ言ってくれればいいんだ」

「なにをするつもりなの？」

「とにかく、言うとおりにするんだ。ミスリルの奴は、こっちの部屋に帰してあげるよ。あんなうるさい奴は、羽だけ持ってれば充分《じゅうぶん》だから」

それだけ言うと、ジョナスは出ていった。

ジョナスは、なにをしようとしているのか。二ヶ月前、アンの砂糖菓子《がし》を奪《うば》い取ったときのように、自分に有利に、なにかを運ぼうとしているのに違いない。

しかし前回と違うのは、ジョナスに、嬉々《きき》とした部分が見えないことだった。彼はどんなあくどい手段にしろ、自分に有益なことをするときには、嬉《うれ》しさが隠《かく》せないたちだ。その嬉しさのようなものが、今の彼からは感じられない。

しばらくすると、しょんぼりとうなだれて、ミスリルが部屋に帰ってきた。

「……アン。ごめんよ、俺……」

「ミスリル・リッド・ポッド！」

その姿を見ると嬉しくて、駆《か》け寄ると彼を抱《かか》えあげて、抱きしめた。

「大丈夫《だいじょうぶ》だった？　ひどいことされなかった？」

「アン。ジョナスの言うとおりにしたのか？　シャル・フェン・シャルは、出ていったのか？　ごめんな、俺のせいで。そんなことさせちゃって」

「あなたのせいじゃない。悪いのは、ジョナスよ」

「でもアンは、シャル・フェン・シャルのこと、好きなのに。あいつに出て行けなんて言うの、すごくつらかったろう？」

突然言われ、アンは赤面した。けれど赤面しながらも、シャルの背を見た瞬間《しゅんかん》の苦しさが、再び胸をふさぐ。涙が出そうになるが、こらえる。

「なに言ってるの。わたしは、シャルを好きとか、そんなことは……」

「隠さなくても、分かってるぜアン。俺様を誰《だれ》だと思ってるんだよ？　ミスリル・リッド・ポッド様だぞ。あんなおたんこなすのシャル・フェン・シャルと一緒《いっしょ》だと思っちゃ困る」

ミスリルがシャルをおたんこなす呼ばわりしたことで、涙のたまった目をしたまま、アンはちょっと吹きだしてしまった。

「おたんこなすとか。シャルが聞いたら、怒るよ」

「だって、そうだろう。あんなに見え見えなのに、なんでアンの気持ちがわかんないんだ？」

言われてみれば、そうかもしれない。シャルの態度に赤面したり、逃げ出したり、泣き出したり。普通《ふつう》の男なら「もしかして」くらいは、感じてもいいはずだ。

これがジョナスだったら、とっくの昔に自分に気があると確信しているに違いない。

「好きなんだよな？　あいつのこと」

見え見えの態度を、指摘《してき》されたのだ。アンは誤魔化《ごまか》すことを諦《あきら》め、素直《すなお》に頷いた。

「うん。たぶん」

ミスリルは、ごしごしと鼻の下をこすった。そしてちょっと残念そうに、へへっと笑う。

「そっか。うん、ま。そうだよな。俺は、分かってたから」

「でも、仕方ない。シャルは出ていったんだから……」

アンはミスリルを腕《うで》に抱いたまま、ベッドに腰《こし》を下ろした。

「シャルと、わたしたちを引き離《はな》して。ジョナスは、なにをするつもりなのかな?」

不安が大きくなる。シャルがいないと、いっそう不安だった。裸《はだか》で寒空に放《ほう》り出されたような、頼《たよ》りなさだ。

そしてリズの話を聞いて、涙を流した自分の、贅沢《ぜいたく》さに気がつく。

——わたしは、馬鹿《ばか》だ。

シャルが常に見つめているものが、過去の思い出であろうがなかろうが、そんなことは関係ない。現実に自分のそばにいてくれることが、一番大切で喜ぶべきことなのだ。

そのことを忘れて、さらに、さらにと、求めてしまっていた。

ヒューも言ったではないか。

『人間、過《か》酷《こく》な環境《かんきょう》に適応するのは難しいが、快適な環境にはすぐに慣れちまう』と。

アンもシャルがそばにいることに、我知らず、慣れてしまっていた。

——一緒にいて欲しい。それだけでよかったのに。シャルがなにを見つめていても、側《そば》にいられるだけでいいのに。シャル。シャル。

聞こえるはずはない。けれど、何度も何度も彼の名を、胸の中で呼ばずにはいられなかった。

五章　囚われの身

——どこへ、行くべきか。

東の海が、朝焼けの薄紫《うすむらさき》に染まる。

シャル・フェン・シャルは、フィラックス城が建つ、岬《みさき》のつけ根にいた。道が海風に削《けず》られるのを防ぐ目的で、海岸沿いには常緑樹の林が残されている。夜明けまでその林で休み、朝陽《あさひ》とともに立ちあがった。

ゆっくりと道を歩き出したが、目的もないので、その歩みは遅《おそ》かった。

昨夜は強い海風に混じり、雪が降った。細い道はうっすらと雪で覆《おお》われている。規則的に響《ひび》く波の音を聞きながら、ぼんやりと歩いていく。異物を呑みこんだような苛立《いらだ》ちは、ずっと続いている。それがうっとうしかった。

突如《とつじょ》、背後に殺気を感じた。身構え、ふり返る。

腰に長剣《ちょうけん》を佩《は》いた男が、三人。こちらを値踏《ねぶ》みするように、ゆっくりと歩いてくる。

三人の男の背後には、彼らよりも頭一つ分背の高い、赤黒いごつごつした皮膚《ひふ》の妖精《ようせい》が二人。申しわけ程度にちょろりと背にあるくしゃくしゃの羽は、二人とも一枚きり。三人の男たちに使役《しえき》されている、戦士妖精だ。

妖精狩人《かりゅうど》たちだ。狩りに出かける途中《とちゅう》だろう。妖精は朝に生まれる者が多い。だから妖精狩人たちは、朝陽とともに狩りをはじめる。

シャルの顔かたちがしっかりと分かる位置まで来ると、三人の男たちは立ち止まった。

「こりゃまた、綺麗《きれい》どころの一人歩きだな。今日は、ついてるなぁ」

一人の男が、にやにや笑う。あとの二人は、シャルの背後と左手にまわる。

一人の戦士妖精は右側に、そしてもう一人の戦士妖精は、言葉を発した男の背後に控《ひか》える。

「俺に用か?」

「この辺じゃ見かけねぇ、上等な愛玩《あいがん》妖精だな。誰《だれ》に使役されてる?」

「質問は、先に、俺がした。答えろ。俺に用か?」

「気の強い奴だな」

妖精狩人は面白《おもしろ》そうに笑う。

聞かなくても、シャルには彼らの目的が分かっていた。彼らは、シャルを狩ろうとしている。盗《ぬす》もうとしていると言った方が、いいかもしれない。

妖精狩人は、妖精を狩って売る。しかしたちの悪い妖精狩人は、他人の使役している妖精をさらって盗み、勝手に売ることもある。

もちろん盗まれた妖精の片羽は、本来の主人の手にある。けれど妖精の背には、もう一枚、羽が残っている。盗んだ妖精の背に残る羽を、背の根本で頑丈《がんじょう》な紐《ひも》を使って縛《しば》り上げ、手綱《たづな》のようにして使役する。

妖精がおかしな態度を見せれば、紐を引き羽をもぎ取る。二枚の羽が背からなくなれば、羽が無事だとしても、妖精は衰弱《すいじゃく》する。そして程《ほど》なく、消滅《しょうめつ》する。

とてつもなく陰惨《いんさん》な使役の方法だ。だがもとより、盗んだ妖精は長く使役できない。本来の主人が、妖精の羽を持っているためだ。その主人が、妖精は逃げ出したと思い羽を処分すれば、その時点で妖精は死ぬ。盗まれた妖精は、いつ何時死んでもおかしくない。

それでも妖精を安く買って、いっとき使役できれば充分と思う連中は多い。

特に愛玩妖精は、いてもいなくても、特に困らない。一時楽しめればそれでいいと、買い手がつきやすい。

シャルの背に、羽は一枚きり。普通ならば誰かに使役されているはずなのだ。妖精狩人たちも、シャルが誰かに使役されていると思っているに違《ちが》いない。

だがシャルの容姿であれば、盗んだ妖精といえど高値で売れるはずだ。

「妖精。ちょっと俺たちと一緒にこねぇか？」

その言葉に、シャルはうっすら笑った。そっと右掌《みぎてのひら》を開き、そこに気を込める。

光の粒《つぶ》が、シャルの掌に向かって集まる。

「行かなければ、どうする？」

うっとうしい苛々《いらいら》が、シャルを好戦的にする。ちらりと笑う。楽しめると感じた。

戦士妖精の一人が、緊張《きんちょう》した声で告げた。

「お頭《かしら》。気をつけてください。こいつは、愛玩妖精じゃねぇ」

「これが愛玩妖精以外の、なにに見えるってんだ？」

「俺たちと同じです。戦士妖精」

「なに？」

男がまさかといった顔でシャルを見たときには、シャルの手には剣《けん》が握《にぎ》られていた。

地を蹴《け》り、正面の男に真っ直《す》ぐ突《つ》きかかった。

唖然《あぜん》とする男の前に、戦士妖精が飛び出した。背にある鉈《なた》のような剣を抜《ぬ》きはなつと、シャルの突きを弾《はじ》いた。

「この野郎《やろう》!!」

身を翻《ひるがえ》したシャルの背に向け、残り二人の妖精狩人が斬《き》りかかった。

体を沈《しず》め、すんでのところで攻撃《こうげき》をかわす。剣を持たない左手を地面につき、腕の反動で、横に飛び退《の》き跳《は》ねあがる。数歩の距離《きょり》を置き、妖精狩人たちと対峙《たいじ》した。

呻《うめ》くように、戦士妖精が言う。

「お頭。こいつは、無理だ。ひこう」

シャルはにやりと笑った。背にある羽が緊張し、びりっと鳴る。つやつやと青みを帯びる。

「誘《さそ》ったのは、おまえたちだ。相手をしてもらう」

「……あたりまえだ。俺たちだって、高値で売れそうな妖精、逃《に》がすわけにゃいかねぇ。おまえも、馬鹿なことを言うんじゃねぇ！　狩るんだ」

妖精狩人の頭は、剣を抜き、警戒《けいかい》を強めながらじりじりと間合いを取る。

残り二人の妖精狩人と戦士妖精も、頭の意図を汲《く》み、じりじりとシャルを囲む。

妖精狩人の二人は、剣を腰に戻《もど》す。そしてベルトにつけていた、分銅つきの鎖《くさり》を手にした。前後に分かれ、鎖をゆっくりと回転させながら、シャルの足と腕を狙《ねら》う。

さすがに、徒党を組んで妖精を狩っているだけのことはある。隙《すき》がない。

この五人は、簡単に倒《たお》せる相手ではなさそうだ。それが楽しくて、ぞくぞくする。

ぶんと空気を裂《さ》く音がして、分銅つきの鎖が、前後から同時に飛んだ。体をひねってかわそうとした場所に、戦士妖精の剣が振《ふ》りおろされる。体勢を崩《くず》しながら真横に跳《と》ぶが、足首に鎖が巻きついた。ぐんと足首を引っぱられ、左手を地面につく。と、その反動を利用して、自分の足首を捕《と》らえた鎖を握る男に向けて、低い体勢のまま襲《おそ》いかかる。

膝下《ひざした》の位置から剣を振りあげ、鎖を握る妖精狩人の手首を狙った。

妖精狩人は咄嗟《とっさ》に鎖から手を離し、飛び退いた。

体勢を崩す妖精狩人に向け、足首に鎖をからみつけたまま、無造作に突きを繰《く》り出す。

「そこまでだ、シャル・フェン・シャル!!」

名を呼ばれ、はっとする。

紙一重《かみひとえ》でシャルの刃《やいば》を逃《のが》れた妖精狩人は、這《は》いずるように後退した。

「さすがに人を殺したら、理由はどうあれ、妖精は処分される」

動きを止めた妖精狩人たちは、道の向こうから悠然《ゆうぜん》と馬に乗ってやってくる青年貴族を見て首を傾《かし》げる。青年の背後には、同じく馬に乗った褐色《かっしょく》の肌《はだ》の護衛らしき青年。そしてそのあとに、数騎の兵士たち。

妖精狩人たちには、青年貴族の身分は分からない。しかし彼らは、おとなしくしたほうが無難だと判断したらしい。手にある武器を、それぞれ腰に戻す。

シャルはかまえをとき、こちらにやってくる青年貴族を、冷めた表情で迎《むか》えた。

「本当に暇人《ひまじん》だな。銀砂糖子爵《ししゃく》」

「俺は忙《いそが》しい身だって、言ってるだろう？　相変わらず、可愛《かわい》くないな。偶然《ぐうぜん》の再会ってのを喜ぶような気持ちはないのか？」

ヒューはシャルの正面まで馬を進めると、そこで馬を降りた。サリムも馬を降り、ゆっくりとシャルの背後に回る。主人を守る忠実さで、剣の柄《つか》に手をかけ、シャルを警戒する。

ヒューは妖精狩人たちに告げた。

「俺はヒュー・マーキュリー。銀砂糖子爵だ。おまえたち、この妖精を盗もうとしたのか？」

「滅相《めっそう》もございませんよ。誰《だれ》も、そんなこと思っちゃいませんよ」

妖精狩人の頭が、へこへこと頭を下げる。ヒューは不愉快《ふゆかい》そうに、手をふった。

「見なかったことにしてやるから、とっとと消えろ」

妖精狩人たちを追い払《はら》うと、ヒューは周囲を見回した。

「一人か？　アンとミスリルは？」

そう訊《き》かれたことが、とてつもなく不愉快だった。シャルは、ヒューから顔を背《そむ》けた。

「二人はどうした、シャル？　一緒《いっしょ》じゃないのか？　なにかあったのか？」

答えるのも、なぜだか腹立たしい。

気持ちがいきなり、昨夜アンと向きあったときに引き戻される。

「おまえこそ、なぜこんな場所にいる」

「俺はフィラックス城に用があって来た。で、おまえはアンと一緒に、その城にいたんじゃないのか？　ルイストンで、そんな噂《うわさ》を聞いたぞ。おまえたちがアルバーンの城に向かったと」

シャルは顔を背けたまま、口をつぐんでいた。ヒューは肩《かた》をすくめる。

「答える気、なしか。まあ、いいけどな。ところで、シャル」

何気ない仕草で、ヒューはひょいとシャルの胸元《むなもと》に手を伸《の》ばした。砂糖菓子《がし》職人特有の、なめらかで素早《すばや》い動きだった。顔を背けていたシャルは、そのために、反応が遅《おく》れる。

その手の動きにはっとする。身を引くのと同時に、シャルの上衣《うわぎ》の内ポケットから掌の大きさの革《かわ》の袋《ふくろ》を、ヒューは抜き取っていた。

「貴様！」

剣を構えようとしたシャルから、ヒューは数歩飛び退く。

「おっと、どうした。らしくもないな、シャル。隙だらけだ」

笑いながらヒューは、手にした革の袋を高く掲《かか》げる。シャルは、くっと奥歯を噛《か》む。

「銀砂糖子爵が、掏摸《すり》のまねごとか」

「俺は砂糖菓子職人になれなきゃ、掏摸になれって言われたことがある。特技なんだよ。それにしても、おまえからは盗めるとは思わなかったな。でもおまえさん、今さっきは妙《みょう》に隙だらけだった。もしかして俺は信用されてるのか？　嬉《うれ》しいぜシャル」

どうかしている。なにに気を取られ、どうしてこんな油断をしたのか。というよりも、自分が無意識に、ヒューに気を許していたことに今更《いまさら》気づく。

アンと一緒にいた数ヶ月で、彼女の無防備さが移ったのだろうか。アンに感化されている自分を、初めて意識した。

「おまえさんの羽だよな？」

その袋の中には、アンがシャルに返してくれた彼自身の羽が、折りたたまれて入っている。

「ハイランドでは、使役者《しえき》を持たない妖精《ようせい》を見つけたときは、最初にその妖精の羽を手に入れた者が、その妖精を所有する権利を持つ。まあ、人間の考えたルールだからな。妖精にしてみりゃ、勝手にしろってなもんだろうが」

ヒューはにやにや笑った。

「俺が今からおまえの主人だな。シャル・フェン・シャル」


朝になると、ジョナスはアンの部屋にやってきた。

「デールさんに、フィラックス公への面会を申し込んだよ。これから会ってもらえる。君も一緒に来てもらうよ、アン」

ジョナスは、ひどく緊張した様子だった。

昨夜、シャルが出ていったことで、アンはどことなく力が抜けていた。

不安はあったが、自分がシャルを拒絶《きょぜつ》し、彼が出ていったこと以上に、ひどいことがあるとは思えなかった。だからジョナスがなにを企《たくら》んでいようが、かまわない。そんな開き直りの気持ちがあった。

「顔が青いわよ。ジョナス」

冷たく言うと、ジョナスはきっとアンを睨《にら》む。

「君は、黙《だま》っててよ。いいね、黙ってて!」

余裕《よゆう》のない反応だった。キャシーが心配したように、ジョナスの肩に乗り、彼の頰《ほお》を撫《な》でる。

「大丈夫《だいじょうぶ》ですよ、ジョナス様。うまくいきますから、きっと」

彼らの様子に、逆にアンのほうが驚《おどろ》く。優位な立場にいる者の態度ではない。

デールが、ジョナスとアンを迎えに来た。そして彼が二人を案内したのは、いつもの広間ではなく、アルバーンの私室らしかった。

居間の奥に寝室《しんしつ》がある、続き部屋だ。アンたちが通されたのは、居間だ。

暖炉《だんろ》には火が焚《た》かれ、部屋は暖かい。

簡素な部屋で、暖炉の前に長椅子《ながいす》が一つと、執務《しつむ》用の大きな机が窓辺にあるだけだった。部屋の中央には毛足の長い絨毯《じゅうたん》が敷《し》かれていたが、それも毛織物で、とくに贅沢《ぜいたく》なものではない。

セドリック祖王を先祖とする、高貴な家系。そうでありながらアルバーン家が、それに見合った権威《けんい》を奪《うば》い取られているのだと、簡素な部屋は物語っている。

ルイストンに聳《そび》え立つ王城に住む国王と、アルバーン。同じ血をもつ者とは思えない落差。

――どんな気分なんだろうか、ここから毎月ルイストンにご機嫌伺《きげんうかが》いに行くなんて。

ふと、考える。アルバーンが真性の愚《おろ》か者であれば、なんの苦痛もないかもしれない。しかし彼が多少なりとも誇《ほこ》りをもっているならば、それはひどい屈辱《くつじょく》に違《ちが》いない。

アルバーンは長椅子に横たわり、物憂《ものう》げに炎《ほのお》を見つめていた。

ジョナスとアンはデールに促《うなが》され、その場に膝《ひざ》をつく。

デールが二人の来訪を告げると、アルバーンはちらりと視線を向けた。そして、

「職人。砂糖菓子が、完成したわけでもないだろう。なんのために来た？」

ジョナスとアンに、感情のこもらない声で言った。

ジョナスは何度も、乾《かわ》いた唇《くちびる》を舐《な》めていた。しかし意を決したように、口を開く。

「ぼ、僕。いえ、私は、この仕事をやめさせてもらいたいのです」

ゆっくりと、アルバーンは身を起こした。こちらに体を向ける。

「やめる？　六日前、おまえは同じことを私に言ったな？」

「は……はい」

「その時に、私はなんと言った？」

「やめることは、ゆるさない、と」

――公爵《こうしやく》様は、そんなことを言ったの？

アンは驚いてジョナスの顔を見る。ジョナスは、アンの方を見る余裕もない。

「そうだ。忘れたか？　忘れたならば今一度、六日前の痛みを思い出させる。おまえたちには、監視《かんし》もついている。逃げようとすれば捕《つか》まえて、鎖《くさり》で繋《つな》ぐ。そうも言ったはずだ」

さらに続いたアルバーンの言葉に、アンは衝撃《しょうげき》を受けた。

──監視⁉　鎖⁉　なにを言ってるの⁉

すっとアルバーンは立ちあがり、長椅子に立てかけてあった細身の剣《けん》を取りあげた。

彼は柄に手をかけることなく、鞘《さや》の部分を無造作に握《にぎ》っている。それを振《ふ》りあげるように構えながら、こちらに歩いてくる。

その動作にぎょっとしたアンは、背後に身を引いた。

そこでやっと、ジョナスの頬につけられた、青痣《あおあざ》の原因がわかった。

──あれは、公爵様に殴《なぐ》られたんだ。

六日前。ジョナスは作品を完成させ、アルバーンを呼んだ。しかし彼に認められず、アンがそうだったように、ジョナスも混乱したに違いない。そしてジョナスは、口にしてしまったのだろう。仕事をやめたいと。そしてそのことでアルバーンの怒《いか》りをかい、殴られた。

──監視までつけてると、言っていた。公爵様は、自分が気に入る砂糖菓子を手に入れるまで、わたしたちが仕事をやめることは許さないつもりだ。

その執着《しゅうちゃく》の強さを、アンは初めて肌《はだ》で感じた。

剣を手に近づいてくるアルバーンから漂《ただよ》うのは、殺気だ。その姿は、暖かい部屋の中にいながら、全身が冷え固まって、青みがかった空気をまとっているようにすら感じる。

青は、狂気《きょうき》の色か。悪寒《おかん》が、背筋を走る。

──この人、本気だ。

ジョナスは、さらにひれ伏《ふ》した。

「僕には、出来ないんです。本当です。ゆるしてください!! でも、彼女なら出来ます。彼女は僕よりも、何倍も腕《うで》がいい。銀砂糖子爵《ししゃく》だって、それを認めました。彼女がいれば、僕は必要ない！ 彼女なら、公爵様が欲しがっておられる砂糖菓子を作るまで、ずっと城にとどめておいてもかまいません。彼女の護衛は、僕が昨日追い払っています。ですから、彼女がやめたがっても、彼女に出ていく方法なんかありませんし。お願いです。僕は、帰してください！」

一気にまくし立てたジョナスの言葉を聞いて、アンを、アンは自分の耳を疑った。

ジョナスは自分が逃げだしたいために、アンを、アルバーンに差しだすと言っているのだ。

シャルをアンから遠ざけたのは、このためだ。

「ジョナス、あなた！」

怒鳴《どな》ろうとしたが、ジョナスはアンの存在など忘れてしまったかのように、ひれ伏したまま震《ふる》えていた。怒鳴りつけるのが躊躇《ためら》われるほどの、怯《おび》えようだ。

無感動な瞳《ひとみ》を底光りさせ、剣を手にしているアルバーンは、正気とは思えなかった。なにかの拍子《ひょうし》に、剣を抜《ぬ》き、斬《き》りかかってきてもおかしくない。

「帰してください。お願いです。帰してください。帰してください……」

震える声で、ジョナスは繰《く》り返す。懸命《けんめい》なその姿に、アンは文句の言葉が引っ込む。

怯えきったジョナスを、哀《あわ》れにさえ感じた。

——でも……ジョナスが言うことは、本当かもしれない。こんなに怯えていたんじゃ、砂糖菓子《がし》を作るなんて無理だわ。

ジョナスには、引き返す場所がある。ルイストンに帰れば、ラドクリフ工房《こうぼう》派の職人の一人として、仕事はあるだろう。さらにもっと甘えたければ、生まれ故郷のノックスベリー村に帰ればいい。そこには跡《あと》を継《つ》ぐべき砂糖菓子店があり、両親がいる。

そんな彼が、こんな恐《おそ》ろしい、なにを要求しているのかも判然としない依頼主《いらい》の砂糖菓子など、意地になって作る必要はないのだろう。

それにひきかえ、アンには帰る場所もない。お金もない。そして今は、シャルもいない。

この状況《じょうきょう》では、自分はここにとどまり、砂糖菓子を作る他《ほか》に選択肢《せんたくし》はない気がした。

しかも、アンはこの仕事を既《すで》に引き受けてしまったのだ。どんな理由があれ、仕事を放《ほう》り出すことはできない。自分の唯一《ゆいいつ》の武器を、投げ出したくない。

ゆっくりと、アルバーンは近づいてくる。

剣を手にした、次の行動が予測できない人間を目の前に、恐怖心《きょうふしん》がふくれあがる。

だが自分の道は、ここにしかない。そのことが、本能的に分かっていた。

ぐっと唾《つば》を呑《の》み込む。そしてアルバーンとジョナスの間に、割り込むように移動し、跪《ひざまず》いた。

「この人の言うとおりです。わたしが、砂糖菓子を作ります。だからこの人は、帰してください。わたしが、作ります」

アルバーンが立ち止まり、ジョナスは驚いたように顔をあげた。アルバーンは眉根《まゆね》を寄せる。

「おまえが作る、と?」

「はい」

「自信があるのか」

「はい」

「私が満足する砂糖菓子ができるまで、城から出さない。できなければ、永久に出さぬ」

「かまいません」

アンはそこまで答えると、顔をあげた。

「わたしは最初にお約束しました。できる、と。だから作ります。それで永久にできなければ、それはわたしの責任です。永久にでも、作り続けます」

しばし、アンとアルバーンは睨《にら》みあった。アンは絶対に、自ら視線をそらすまいと耐《た》えた。するとアルバーンの方から、ゆっくりと視線を外した。構えていた剣の鞘をおろす。その目はいつものように、無感動な穏《おだ》やかさに戻《もど》っていた。

「いいだろう。許す。そちらの職人は、城から出ろ」

「ありがとうございます」

アンが再び頭を下げる。

アルバーンはそれで興味を無くしたように、彼らに背を向け、長椅子に戻った。剣を傍《かたわ》らに置くと、再び炎に目を向ける。室内に、静寂《せいじゃく》が落ちる。暖炉の薪《まき》がはぜる音が、高く響《ひび》いた。

ジョナスは力が抜けたように呆然《ぼうぜん》としていた。

デールに促され、アンとジョナスは退室した。

デールは二人を、塔《とう》の階段室まで連れ帰った。そしてジョナスに、早々に荷物をまとめ、勝手に城を出てよいと告げた。しかしアンには、厳しい目を向ける。

「君は、城から出さない。聞いたとおり、監視もついている。逃げだそうとしても無駄《むだ》だ」

「わかっています。けれど、デールさん。あなたは主人の命令を、そのまま忠実にきくだけで、いいんですか？　それが本当に主人に忠節を尽《つ》くす、家臣なんですか？」

言わずにはいられなかった。アルバーンのやりかたは、あまりに横暴だ。常軌《じょうき》を逸《いっ》した執着をみせる主人。それをいさめるのが、家臣としては当然だろう。アルバーン家に仕えることを誇《ほこ》りにしているならば、なおさらだ。

殴られるくらいは覚悟《かくご》の上で、デールを見あげる。すると彼は、くっと笑う。

「生意気なことを言うね。だが、君の言うことは正しい。我々も少しはご忠告申し上げていたが。あの方は……耐えることは、もう、無理なのだろう。それを知っているから、我々は公爵の希望を叶《かな》えてさしあげることを第一優先にする」

「耐える？」

「君には関係ない。いいな。公爵が、砂糖菓子を望まれている。作るんだ」

「約束ですから、わたしは逃げません。作ります」

きっぱり言うと、自分の部屋に戻るため、塔の階段を上り始めた。

部屋の前まで来ると、後ろからジョナスが、アンを追って駆《か》けあがってきた。

「アン！」

アンはふり返り、ついと手を差しだす。

無言で突《つ》き出された掌《てのひら》に、ジョナスは目をぱちぱちさせた。

「な、なんだい？」

「ミスリル・リッド・ポッドの羽。返して」

「あ、ああ。そうか」

ジョナスは慌《あわ》てた様子で胸のポケットを探《さぐ》り、羽を取り出してアンの掌に置いた。

アンはそれを受け取ると、ほっとした。両手でそっと包む。

「よかった」

呟《つぶや》くと、部屋にはいるためにジョナスに背を向ける。するとその肩《かた》を、摑《つか》まれた。

「待ってよ、アン！　君、なんであんなこと言ったの!?」

「あんなこと？　あなたに文句言われるようなこと、言ってないつもりよ」

眉《まゆ》をひそめて、再びふり返る。

「文句じゃなくて。なんで君は積極的に、僕を帰すようにって言ってくれたの？　まさかあんなこと言うなんて。どうして、僕のために」

「あなたのためじゃない。あなたの様子を見てたら、本当に、砂糖菓子なんか作れる状態じゃゃないと思ったからよ。だからあなたがいても、仕方ない。それだけ」

「でも、じゃ、アンは、あんな公爵《こうしゃく》のために砂糖菓子を作れるって言うの⁉ なにを作っても
さっぱり分からないことばかり言って、満足しない！ それでも、気に入ったものを作らなき
ゃ、永久に閉じこめるって奴《やつ》は言ってるんだよ⁉」

「作るって、わたしは最初に言ったの。だから、途中《とちゅう》で投げ出したくない。だから作る」

ジョナスはアンの肩から手を離《はな》し、だだっ子のように声をあげた。

「アン、君、君って、馬鹿《ばか》だろう⁉ なに言ってんの⁉ こんな状況で、おかしいよ！」

「だって。わたしは今、ここで砂糖菓子を作る以外、他にどうしようもないもの」

それが事実で、本心だった。ジョナスは、唇《くちびる》を震わせていたが、

「やっぱり、君って馬鹿だ！」

怒鳴ると、階段を駆けおりていった。

「そうよね、確かに」

アンは溜息《ためいき》をついて、一人呟いた。

「でもそれ以外、わたしにはできることがない」

たとえジョナスのように、仕事を諦《あきら》めてこの城から出ても、シャルはいない。もう二度と彼
に会えない。そう考えると、胸が絞《しぼ》られるように痛む。

だから考えたくなかった。そのかわりに、砂糖菓子のことを考えよう。

そのときふと耳に、以前シャルが囁《ささや》いた言葉が聞こえた。

『砂糖菓子を、作れ。おまえには、できることがある』

──砂糖菓子。……そうだ。砂糖菓子を作ればいい。

アルバーンが認める砂糖菓子を、作りあげる。そしてお金と名誉《めいよ》を手に入れるのだ。千クレスあれば宿に泊《と》まり、そこそこ安全に旅ができる。そうしたら王国中を廻《めぐ》って、別れてしまったシャルを探せばいい。もし彼に会えたなら、説明するのだ。出ていって欲しいと言ったのは本心ではなく、脅《おど》されてやっただけのことなのだと。本当は一緒《いっしょ》にいて欲しいと。

顔をあげ、表情を引き締《し》める。

「わたしには、できることがある」

「つくづく思うが。おまえの容姿は、宝の持ち腐《ぐさ》れだな」

港に面した、フィラックスで一番歴史のある宿屋は、煉瓦《れんが》造りの三階建てだ。

最上階の三階には、階下より広めの部屋が三部屋のみ。

ヒューは、三階のフロアを借り切っているらしかった。

一部屋は自分のために。他《ほか》の二部屋は、ウェストルから同行した護衛の兵士、六人に使わせている。彼は今しがたフィラックスに到着《とうちゃく》したらしく、簡素な旅行用の服を着ていた。部屋にはいると湯で体を清め、正装を身につける。

手伝いの妖精《ようせい》を同行していないらしく、着替《きが》えの手伝いはサリムがこなしていた。

シャルは、ヒューの部屋にいた。羽を握《にぎ》られているのだから、言うことをきくしかない。

しかしそれも別に、かまわなかった。

ヒューがなにを考えてシャルの羽を握っているにしろ、勝手にしろと思った。

部屋には、珍《めずら》しい大陸産の布を座面に使った、豪華《ごうか》な椅子《いす》が六脚《きゃく》もある。

その椅子の一つに座り、背もたれに背をあずけて脚《あし》を組み、シャルはぶすっとして座っていた。その態度は、まさに居座っているといった感じで、可愛《かわい》らしさのかけらもない。

「俺はご主人様だぜ？　もうちょっと、愛想《あいそ》よくしてくれてもいいんじゃないか？　しなだれかかってくれとは言わないが、せめてその仏頂面《ぶっちょうづら》をなんとかしろ」

手首のカフスを留めながら、衝立《ついたて》の向こうからヒューが出てくる。テーブルをはさんで、シャルの向かい側に座る。じろりと、シャルはヒューを睨む。

「そんな怖《こわ》い顔をしているから、アンに逃げられたか？」

その言葉にむかっとして、片足をどかっとテーブルに上げた。

ヒューは自分に向けられたブーツの先を、ばしりと叩《たた》いた。

「なんだ？　この足は」

「足がだるい」

「分かった。おまえさんが苛々《いらいら》してるのは分かった。本当のところ、なにがあった？」

答える気はなかった。すると、ヒューが静かに訊《き》く。

「アンはまだ、フィラックス城か？　もしそうならば、連れ出してやらないとまずい。俺がアルバーンの説得に失敗すれば、フィラックス城はきな臭《くさ》いことになる」

眉をひそめたシャルの反応に、ヒューは満足したらしい。

「来い。これから俺は、フィラックス城に行って、アルバーンに会う。おまえは俺の戦士妖精だからな、護衛として連れていく」

「行く気はない」

そう答えた。するとヒューは、自分の胸の内ポケットに手を入れた。

「ここには、おまえの羽がある。俺の趣味《しゅみ》じゃないが、言うことをきく気がないなら、こいつを痛めつけてもいいぜ」

「貴様も、人間か」

シャルは呻《うめ》く。

羽を強く引き絞られたり、引きちぎるような力で引っぱられる。すると妖精は、全身を繋《つな》ぐ粒子《りゅうし》がよじれ、体の結合が弾《はじ》け、一気に体が霧散《むさん》するような痛みと恐怖《きょうふ》を味わう。

それは、人間には分からない痛みであり、恐怖だろう。

「悪《わ》りぃーな。正真正銘《しょうしんしょうめい》、人間だ。分かったなら、来い」

立ちあがると、ヒューはサリムに命じた。

「準備はできた。フィラックス城に向かう。馬車を手配しろ」

ヒューはかなり急いで、ウェストルからフィラックスまで、駆けつけてきたらしい。

馬車での移動は時間がかかると、自分も馬に乗り、サリムと、護衛兵士六人だけを連れ、フィラックスに来たようだ。

アンがフィラックス城に入ったという噂《うわさ》は、通過してきたルイストンで耳にしたという。

「だからよけいに焦《あせ》ったがな」

貿易商人が所有しているという、四頭立ての豪奢《ごうしゃ》な馬車を借りて、ヒューはフィラックス城に向かっていた。いくらなんでも子爵《ししゃく》が、馬に乗って公爵を訪問というのは、体裁《ていさい》が悪いらしい。馬車にはヒューとサリム、シャルも乗せられた。

馬車の窓外に広がる海に目を向け、ヒューは呟いた。

「この一年半。フィラックス公爵アルバーンは、一度もルイストンに顔を出していない」

──一度も？

シャルは思わず、ヒューの顔を見返す。

人間世界の権力争いなど、シャルにはどうでもいいことだ。

だが王家のいざこざに関して、興味があろうがなかろうが、ハイランドに住んでいればいやでも耳にはいる。当然ミルズランド王家と、アルバーン家の関係も、アルバーン家当主がどんな立場なのかも知っている。

するとヒューはこちらを見て、頷《うなず》く。

「この意味が、おまえにも分かるな？」

アルバーン家の当主は、王国最後の火種だ。その火種がおとなしいことを確認《かくにん》するために、全《すべ》ての貿易関連の税を王家に納めること。月に一度、アルバーン家当主がルイストンへ、国王のご機嫌伺《きげんうかが》いに出向くこと。その二つが、義務とされている。

それは王に背《そむ》く意思がないと、恭順《きょうじゅん》を示すための儀式《ぎしき》だ。

その義務の一つを、一年半もの期間怠《おこた》っている。

「俺は、銀砂糖子爵になる前には、よくアルバーンに呼ばれた。彼のために……というよりは、彼の側《そば》にいる女性のために、砂糖菓子をたくさん作った。公爵の人となりは知っている。だから彼が、野心とは無縁《むえん》の人間だということも、よく知っている。だが、ダウニング伯爵《はくしゃく》は違《ちが》う。ダウニング伯爵は、アルバーン家を根絶やしにする機会を、ずっと狙《ねら》っている。公爵の人柄《ひとがら》など、関係ない。アルバーン家の当主という存在自体が、まずいんだ。税金は納められているから、すぐには問題にならなかった。エドモンド二世陛下も、アルバーンを擁護《ようご》している。しかし一年半だ。一年半も挨拶《あいさつ》の義務を怠れば、さすがの国王も、ダウニング伯爵の意見を抑《おさ》えられない。再三の呼び出しを、アルバーンは無視している。なぜ突然《とつぜん》ルイストンに来ることをやめたのか、理由が分からない。だが……」

一呼吸置き、続ける。

「ダウニング伯爵にとって、これは好機だ。もう待たないだろう。エドモンド二世陛下も擁護しきれずに、ダウニング伯爵に、討伐《とうばつ》許可を出した。ダウニング伯爵が、ウェストル城の兵を連れて、フィラックスに来る」

——火種を、消すか。

人間らしいやりかただ。徹底的《てっていてき》で、冷酷《れいこく》だ。

しかしそうであるからこそ、人間は妖精に勝利したのだろう。

「その前に、アルバーンがルイストンへ行けば、まだ、間に合う。エドモンド二世陛下も、擁護の材料ができる。だが、時間がない。ダウニング伯爵は、年のわりには動きがいい。それまでに、俺がアルバーンを、説得できればいいが」

再び窓の外に視線を向けたヒューは、彼らしからぬ、なにかをひどく心配する顔だった。

「なぜおまえが、説得に来た。国王の命令か？」

「陛下は自分が出した許可を、裏で工作して反故《ほご》にするような方じゃない。これは俺の独断。アルバーンには、昔の恩がある。死んで欲しくないと思うから、ルイストンへの挨拶くらい、さっさと行ってもらいたいだけだ。俺が銀砂糖子爵になってからは、俺は陛下以外のために砂糖菓子は作れなくなって、縁遠《えんどお》くなったが……。その間になにがあったのか」

ものに取り憑《つ》かれたような、異様な静けさと執念《しゅうねん》を身内に宿したアルバーンを案じて、ヒューはやってきたのだ。意外だった。あんな男に、心配するだけの価値があるのだろうか。

フィラックス城に到着すると、馬車はすんなりと門の中に入れた。先触《さきぶ》れをしておいたらしい。ヒューは、サリムとシャルだけを連れ、天守に向かった。

天守に足を踏《ふ》み入れると、アンの気配はないかと、周囲が気になった。彼女に会いたいような気もしたが、会いたくない気もする。もう一度会えば、拒絶《きょぜつ》の理由が聞けるのだろうか。

通されたのは、広間ではない。アルバーンの私室だ。この訪問が公式なものでなく、また、アルバーンとヒューが親しい間柄《あいだがら》であるためだろう。

アルバーンは暖炉《だんろ》の前の長椅子《ながいす》に、腰《こし》かけていた。扉《とびら》が開いた気配にこちらを見たが、立ちあがりはしなかった。つまらなそうに呟《つぶや》く。

「誰《だれ》かと思えば。マーキュリーか。二年ぶりだ」

「ご無沙汰《ぶさた》していました、公爵」

挨拶をしながらもヒューは、驚《おどろ》きを隠《かく》せない顔だった。

「ずいぶんと、痩《や》せられた……お疲《つか》れのご様子ですね」

「国王以外の砂糖菓子を作らない、今のおまえに、用はない。なにをしに来た」

「お誘《さそ》いですよ。旅に、ご一緒《いっしょ》いただけませんか？　目的地は、ルイストンだ。まあ、往復三、四日でかたがつきますから」

「おまえも言うか。デールも、度々《たびたび》そんなことを言う。そんな場所に行くつもりはない」

「楽しいですよ」

「楽しいものか」

「楽しいですよ。クリスティーナ様も、一緒に行けばいい。彼女は賑《にぎ》やかなルイストンが好きでしょう。彼女は？」

アルバーンは暖炉の炎《ほのお》を目に映し、動かない。

「公爵？」

「帰れ」

ヒューは肩《かた》をすくめると、今までの軽い態度を改めた。つかつかとアルバーンの傍《かたわ》らに近づくと、彼の足もとに膝《ひざ》をつき、彼を見あげる。

「公爵。あなたは一年半、国王陛下へのご挨拶を怠っている。この意味を、おわかりになっていないはずはないですね？　ダウニング伯爵が、今、兵を準備してこちらに向かっています。陛下があなたの討伐を、許可された。しかし陛下の本意ではない。あなたが今からでも恭順の態度を示してくだされば、陛下はあなたを擁護なさる。陛下は、あなたや、亡《な》くなったあなたのお父上を、好いていらっしゃる。それは私とて同じだ」

「帰れ」

「公爵！」

「帰れと言っているのだ！」

突如《とつじょ》、アルバーンは立ちあがると、傍らに置いていた剣《けん》を摑《つか》む。

さすがのヒューも立ちあがり、数歩退く。サリムがさっとヒューの前に立ちはだかり、剣の柄《つか》に手をかける。シャルも身構え、様子を窺《うかが》った。

「あなたは……どうしたんだ。公爵」

衝撃《しょうげき》を隠せないらしく、ヒューが声を漏《も》らす。

アルバーンは剣を摑んだまま、呻くように言った。

「誰も私に命令をするな。私のするべきことに、口を出すな。おまえもだ、マーキュリー」

「……わかりました」

わずかな溜息《ためいき》とともに、ヒューは頷いた。

「帰りましょう。ですが、お願いがあります。この城にアン・ハルフォードという名の砂糖菓《が》子《し》職人が滞在《たいざい》しているはずです。彼女も一緒に連れ帰りたい」

「知らぬ」

「そこに控《ひか》えている妖精《ようせい》とともに、この城に入った娘《むすめ》です」

「確かに妖精とともに城に入った職人は、数人いた。だが全て、追い出した。この城には、砂糖菓子職人は一人もいない」

——そんなはずはない。

シャルは昨夜まで、この城にいるアンを見ている。今朝まで城の近くにいたのだから、彼女が出てくればすぐに分かる。アンはこの城にいる。その証拠《しょうこ》に、城の外郭《がいかく》には、アンの箱形馬車がまだ止めてあった。

「確かですか？」

そうアルバーンに確認しながら、ヒューはシャルに目配せで訊《き》く。「公爵の言っていることは、本当か？」と。シャルはわずかに、首をふる。「違う」と。

「くどい。帰れ、マーキュリー」

それだけ言うと、アルバーンは再び長椅子に戻《もど》った。剣を床《ゆか》に投げ出すと、両手の指を金の髪《かみ》に絡《から》ませ、頭痛をこらえるようにうつむく。

ヒューはこちらを見ていないアルバーンに、黙礼《もくれい》し、きびすを返した。

サリムもそれに続いた。シャルも部屋を出る。

扉を閉める前に、今一度、ふり返る。アルバーンは、同じ姿勢のままだった。

アンの存在を隠して、彼女を城に残し。アルバーンはいったい、砂糖菓子になにを求めているのか。アルバーンがなにを求めているにしても、アンの身が気がかりだった。あの小柄《こがら》な、意地っ張りの娘が、今頃《いまごろ》なにをしているのか。何事か、起こっているのだろうか？

焦《あせ》りのため、このまま彼女を探しに行きたい衝動《しょうどう》が起こる。しかし。

『二度と、来ないで。わたしのところに』

アンの言葉が、思い出される。

拒絶されたのに、なぜ自分は、彼女を探しに行こうなどと思うのか。

恩を感じているのでもない。義理もない。なのになぜ、彼女を見つけたいと思うのか。彼女の身を案じ、焦るのか。彼女の態度とは関係なく、自分はアンの姿を求めている。


ジョナスは、城から出て行った。

アンはミスリルとともに、広間にいた。ジョナスが出ていくのを塔《とう》の部屋の窓から見送ったあと、真っ直《す》ぐここに来た。そして立ちっぱなしで、妖精の肖像画《しょうぞうが》を見つめ続けている。

空気の冷たさに、足先と手指の感覚がなくなっていた。

ミスリルは床に座りこみ、大あくびをしていた。それでも我慢強《がまんづよ》く、アンにつきあってくれている。部屋に帰ってもいいと言ったのだが、彼はアンと一緒にいると言ってきかなかった。

陽《ひ》が傾《かたむ》き、広間の窓から斜《なな》めに、オレンジ色の光が床に射《さ》しこんでいる。

「どうして、この肖像画なんだろう」

肖像画を見つめ続けて、疲れていた。その疲れが、ふっと無意識に、その言葉を言わせた。

「どうしてって、この絵がよかったんだろう？」

ミスリルもよく分からないといったふうに、肖像画を見あげる。

「どうして？　綺麗《きれい》な絵なら、世の中にごまんとあるのに。なんでこの絵なの？」

「この絵じゃないだろう？　東の塔には、これと似たような絵がいっぱいあるんだろう？」

「うん、そっか。公爵様はこの絵じゃなくて、この絵に描《えが》かれた妖精を、形にして欲しいって言ってるんだよね。でも、どうしてこの妖精なの？」

窓から射しこむ斜陽《しゃよう》は、どんどん長くなる。床を這《は》い、アンの足もとに届き、アンが向きあう肖像画を照らした。

夕暮れの光が、肖像画の妖精の背を照らす。光を受けるのは、二枚の羽。

「あっ!!」

瞬間《しゅんかん》、愕然《がくぜん》とした。

どうして今まで、気がつかなかったのか。いや、気がついていた。だが重要なことだと思っていなかった。けれどよく考えれば、これはとても不思議なことだ。

「二枚の羽……。この妖精、二枚の羽が背中にある。誰にも、使役《しえき》されたことがないんだ」

「それがどうしたよ？」

「どうして、そんな妖精の肖像画があるの？　自然の中に生まれた妖精が、使役されることなく、人間世界に混じってるなんて。普通《ふつう》は考えられない」

「言われてみたら、そうだよな」

「どうして砂糖菓子のモデルが、この妖精じゃないといけないの？　わたしは、その理由を聞いてない。この妖精が、なにか特別なんだとしたら。公爵《こうしやく》様には、特別の思いがある……その思いがあるから、わたしの砂糖菓子が気に入らないんだ。それ聞かせてもらえたら、作品を作る方向性が分かるかもしれない」

そうだ。いつかの夜に、シャルもこの肖像画を見つめて呟いていたではないか。

『フィラックス公は、砂糖菓子として素晴《すば》らしいものを、求めているわけではないのか？』

と。そのとおりだ。シャルがくれたヒントを、アンは聞き流していた。

職人のアンの目から見て、完璧《かんぺき》に素晴《すば》らしい砂糖菓子が必要なのではない。アルバーンの目で見て、アルバーンが欲しがっているものを作らなければならないのだ。

「正気かよ、アン」

ミスリルは、ぶるっと身震《みぶる》いする。

「ジョナスだって、恐《おそ》れおののいて逃げ出したんだ。あの公爵は気に入らなきゃ、女のおまえだって殴《なぐ》りかねない……っていうか。あの勢いだと、斬《き》りすてられることもありそうだぞ」

「でも、聞かなきゃわからないの」

それでも、アルバーンの満足するものができるか、自信はない。正気を失いかけている様子の相手だ。危険があるかもしれない。

「ねぇ、ミスリル・リッド・ポッド」

アンはミスリルの前にしゃがみこんで、彼の顔をのぞきこんだ。

「あなたも、城から出て行っていいのよ」

「冗談《じょうだん》じゃない！　俺だけ逃げ出せるかよ」

怒ったように、ミスリルは立ちあがった。

その小さな両手を、アンは両手の指先で、そっとつまむように握《にぎ》った。

「でも、あなたが危険な目に遭《あ》うかもしれないと思ったら、わたしの方こそ、安心できない。だってこれはわたしが決めた仕事で、わたしの責任なんだもの。ここに残ったのも、わたしの意志だもの。だからあなたを巻き込みたくない」

「アン……」

にこりと、アンは微笑《ほほえ》んでみせた。

「大丈夫《だいじょうぶ》！　砂糖菓子は作りあげてみせる。だから、もし待っててくれるって言うなら、フィラックスの町のどこかで待ってて。わたしは千クレスを手に入れて、絶対に城から出るから」

アンの気持ちを探《さぐ》るように、ミスリルは彼女を見つめた。そして彼女がおろそかな気持ちで、そう宣言したのではないと悟《さと》ったらしい。

これはアンの仕事なのだ。砂糖菓子職人の誇《ほこ》りにかけて、仕事を投げだすわけにはいかない。

「わかった」

ミスリルは頷《うなず》いた。青い瞳《ひとみ》に真剣な色を浮《う》かべる。

「城を出る。そのかわり、アンが城から出て来るまでの間に、俺はシャル・フェン・シャルを探す。それであいつに、アンが本気であんなことを言ったんじゃないって伝えて、連れ戻す」

「そうしてくれるの？　でもシャルは、もう遠くへ行っちゃったかもしれないけど」

「探してみせるぜ。俺はミスリル・リッド・ポッド様だからな。任せとけ」

胸を張ると、小さな妖精はつんと顎《あご》をあげる。そう言ってくれるだけで、嬉《うれ》しかった。

「ありがとう。頼《たよ》りにしてる、ミスリル・リッド・ポッド」

心から、礼を言った。

六章　記憶の中の妖精

「公爵《こうしやく》様に、お目通りをお願いしたいんです」

ミスリル・リッド・ポッドを城から逃がすと、アンはデールに申しこんだ。

「目的は？　今の公爵は、不必要に煩《わずら》わされると、不機嫌《ふきげん》になられるぞ」

最後の一人となった職人のアンに、デールの態度は厳しい。

大勢の職人の一人として扱《あつか》われていた頃とは、あきらかに口調が違《ちが》う。是《ぜ》が非でも、アルバーンが納得《なっとく》する砂糖菓子《がし》を作らせようという決意を感じる。

「必要なことです。お目通りを、お願いします。できれば、公爵様とわたし、二人きりで」

真剣なアンの様子に、デールは納得したようだった。面会の段取りを整えてくれた。

陽はすっかり落ちて、気温はさらに下がっている。窓から見ると、吹《ふ》きすさぶ風には雪が混じっていた。

暖められたアルバーンの私室に、アンは通された。

アルバーンは朝と同じ場所に、同じような格好で座っていた。ずっとそうしていたのだろう。

そしておそらく、彼は、ずっと同じように日々を過ごして来たのだろう。

無気力で、うつろな、その様子。その彼がなぜ砂糖菓子には、これほど執着《しゆうちやく》するのか。

いや、アルバーンが執着しているのは、砂糖菓子ではない。あの肖像画の妖精《ようせい》だ。その執着の理由を聞きたい。そして、彼の望むものを形にしよう。

それが職人である、アンの仕事だ。

「面会をお許しいただき、ありがとうございます」

膝《ひざ》を折る。アルバーンはこちらに、視線すら向けない。

「なんの目的の面会だ」

「お伺《うかが》いしたいことがあります。砂糖菓子を作るために。いいでしょうか」

「作るためだというなら、訊《き》くがいい」

「では……」

すっと息を整えてから、質問した。

「あの肖像画《しょうぞうが》の方のお名前を、教えてください」

よほど意外な質問だったのか、アルバーンがこちらを見た。初めてアンが、彼の視界に入ったようだった。

「なぜ、名が必要だ」

「あの方を、形にするために。わたしは、知らなくてはならないと思うんです。肖像画には描ききれていない、あの方のことを」

「それで、作れるのか?」

「わかりません」

突如《とつじょ》、アルバーンは傍《かたわ》らに立てかけてあった剣《けん》を摑《つか》んだ。すらりと鞘《さや》を払《はら》う。抜き身の剣を手に立ちあがる。

思わず、体が逃げ出しそうになるのをこらえる。無理矢理《むりやり》恐怖《きょうふ》を押し殺したので、膝がわずかに震《ふる》えた。

剣をさげ持ったまま、アルバーンはアンの前に立った。

「今の質問は、私の思い出に踏《ふ》みこむ質問だ。その覚悟《かくご》を持っての質問か？　人の思い出に立ち入って、かき乱し、結局作れぬのならば、死を以《もっ》て償《つぐな》ってもらう。その覚悟があるか？」

「死ぬ覚悟は、できません。死にません。わたしは友達に、約束しましたから。ある人に、伝えたいこともある。だから死にません。その覚悟があるから、わたしは、絶対に作品を作りあげます。だから、教えてください。あの方のお名前を」

睨《にら》みあった。アルバーンは、抜き身の刃《やいば》をアンの肩《かた》に置いた。

重く冷たい鉄の感触《かんしょく》に、びくっとする。

「……クリスティーナ」

アルバーンが、呻《うめ》くように言った。

「それが、お名前ですか？」

「そうだ」

「でも妖精ならば、本来のお名前があるはずです。ご存じですか？」

「レアリス・シール・エリル」

するりとアルバーンの口から名前が出たことで、アンは確信する。

——やっぱり、特別な人なんだ。

使役者《しえき》たる人間は、妖精本来の名前など気にしない。それを気にするのは、妖精を、自分たちと同じに見ている人間だけだ。そしてその妖精を特別に思っている人間だけだろう。

アンには、それがよく分かった。彼女も同じ気持ちを知っている。

「なぜ、本来のお名前で呼ばれないのですか？」

「あれが、そう望んだ。人間のような名で呼んで欲しいから、名前をつけてくれと」

そこでアルバーンは、アンの肩に置いていた剣を引くと、近くにあった椅子《いす》に腰《こし》を下ろした。疲労感《ひろうかん》に、立っていられなくなったように見えた。

「どこで出会われたんですか？　クリスティーナ様と」

あえてアンは、妖精の名を人間名で呼んだ。彼女がそう望んだと聞いたから、そうするべきだと思った。

「海辺。この城の崖下《がけした》にある、砂浜《すなはま》だ」

「クリスティーナ様は、そこで何をされていたんですか？」

「生まれたばかりだった。ぼんやりと座って、自分が生まれ出た、波頭《なみがしら》を見つめていた」

「そのままそこにいたら、クリスティーナ様は妖精狩人《かりゅうど》に見つかってしまいますよね」

「だから城に連れ帰った」

「なぜですか？」

「人間に捕《と》らえられ、傷つけられるのが不憫《ふびん》だった」

「ずっと一緒《いっしょ》に過ごされたんですか？」

「三年だ」

「今、クリスティーナ様は？」

「一年半前……消滅《しょうめつ》した。本人は、寿命《じゅみょう》だと」

アルバーンは床《ゆか》の一点を見つめて、呟《つぶや》くように答えた。

──愛していたんだ。

アルバーンの姿に、自らの思いが重なる。今もずっと心のどこかで、アンも一人の妖精の名前を呼んでいる。同じようにアルバーンも、妖精の名を呼んでいるのだろう。

「水の妖精は、寿命が自分でもはかれないと、常に言っていた。数百年生きる者もいれば、数年で消える者もいると」

──だから、あんなにたくさんの肖像画を？

広間や塔《とう》に飾《かざ》られた、たくさんの肖像画の意味。

いつ消えるか分からない人を、つなぎ止めようとするかのように。何枚も何枚も、描《か》かせたのだろう。彼女が消えることに、怯《おび》えていたのだ。

肖像画の中で微笑《ほほえ》んでいる妖精は、どこか物思わしげだった。彼女は自分が消えたあとに恋人《びと》がどうなるのか、心配していたのかもしれない。

ようやく、彼らの思いの輪郭《りんかく》が見える。

なぜ最初から、この思いを聞こうとしなかったのか。

ずいぶん、自分が遠回りした気がする。そして自分の未熟さを悟《さと》る。もしこれがヒューだったら、最初からアルバーンに、その作品を欲《ほっ》する意味を訊《き》いたに違いない。

アンは、自分が納得できる、綺麗な作品を作ることばかり考えていた。

依頼主《いらい》の、本当に欲しいものを理解していなかった。

アルバーンが欲しいのは、作品として素晴《すば》らしいものではない。ただクリスティーナの面影《おもかげ》をそのまま写し取った、思い出を甦《よみがえ》らせるよすがの肖像が欲しいのだ。

いくら写実的技法の砂糖菓子でも、作品にするときには、見栄《みば》えをよくするために、色や形や線のバランスを整える。しかし、それをしてはいけなかったのだ。

作品として考えると、それはどこまでも生々しく、洗練されていないかもしれない。

だがアルバーンは、それを欲《ほっ》している。

作りたいという思いが、あふれた。自分がシャルを求めるのと同じように、妖精を求めるアルバーンに、彼の心の中にある妖精の肖像を形にして、見せてあげたい。

「ここに、銀砂糖を持ちこんでもかまいませんか?」

アンの問いに、アルバーンはゆっくりと顔をあげた。

「なに?」

「ここに銀砂糖を持ちこみます。公爵様の御前《ごぜん》で、作業をさせていただきます。そしてお話を伺《うかが》いながら、形にします。クリスティーナ様の髪《かみ》の色、肌《はだ》の色、瞳《ひとみ》の色。表情や、仕草。全《すべ》て伺いながら、作ります」


「まずいな」

フィラックス城から帰ったヒューは、宿屋の部屋に入るなり、上衣《うわぎ》をテーブルの上に放《ほう》り出した。どかっと椅子に座る。シャルは壁際《かべぎわ》に立ち、背を壁に預けて窓の方へ顔を向ける。

外は既《すで》に暗闇《くらやみ》だ。強い風に混じり、雪が激しく舞《ま》い踊《おど》っている。

「様子がおかしいとは、噂《うわさ》になっていたが。あれほどとはな……。しかもクリスティーナ様が一緒にいないのが、気にかかる」

「愛人か？」

シャルの問いに、ヒューは前髪《まえがみ》をかきあげながらふうっと息を吐《は》き、天井《てんじょう》を仰《あお》ぎ見る。

「そうだな。まあその女性は、妖精《ようせい》なんだが」

妖精という言葉に引っかかりを感じて、シャルは眉《まゆ》をひそめた。

「青い髪の妖精か？」

「そうだが。城で彼女を見かけたか？」

「肖像画を見た。奴《やつ》は、その肖像画をモデルにして砂糖菓子《がし》を作れと、職人たちに命じていた」

「彼女自身ではなく、肖像画をモデルに？　どうしてだ？」

そこではっとしたように、ヒューはシャルの方へ顔を向けた。

「シャル。海から生まれた妖精の寿命は、どのくらいか知っているか？」

「海から生まれる妖精は、水の妖精だ。寿命はまちまちだ。数百年生きる者もいれば、数年で消える者もいる」

水の妖精は、自分でも、自分の寿命は分からない。生まれた瞬間《しゅんかん》から、不安の中に生きる。

ミスリルも、水の精だ。彼も自分の命が不安定なことは承知しているだろう。彼が常に威張《いば》りたがるのは、その不安を吹《ふ》き飛ばそうとする努力にも思える。彼は自分の命について、アンに話したことはないし、話したとしても「俺様は絶対シャル・フェン・シャルより長生きする！」と、根拠《こんきょ》なく強がってみせるだろう。

「砂糖菓子は？　食べ続ければ、妖精の寿命は延びるものだろう」

「寿命が延びるほど力を持った砂糖菓子は、滅多《めった》にない。おまえの砂糖菓子なら、寿命が延びるかもしれないが。それも数週間から、数ヶ月単位だろう。食べ続けなければ、意味がない」

「そうか……ならば、彼女は消えたんだ。それで公爵《こうしゃく》は……」

その言葉を聞いて、シャルは鼻で笑った。

「妖精の愛人が消えたから、あの男はあんな様子になったと？　人間が、愛玩《あいがん》妖精が一人消えたからといって、気にするものか。かわりの愛玩妖精を買って、それで満足するだろう」

「彼女は愛玩妖精ではない。彼女のかわりは、誰《だれ》にも出来ない」

ヒューはテーブルの上で拳《こぶし》を握《にぎ》った。

「アルバーン家はミルズランド家に、反逆したことはない。そればかりかチェンバー内乱のおりには、エドモンド二世陛下のために戦っている。なのに、どうだ？　今の彼が、セドリック祖王の血を引く高貴な身分で、さらに現国王陛下の治世を築くために戦った英雄《えいゆう》の一族に見えるか？　貿易関連の税はすべて王家にすいあげられ、そこから禄《ろく》をもらう。そして月に一度のご機嫌伺《きげんうかが》いを、義務とされている。功績をたたえられてしかるべきチェンバー内乱の戦《いくさ》の後に、その仕打ちだ。公爵は当時十二、三歳だったはずだ。思春期にさしかかった彼が、自分たちに下された処置にどれほど憤《いきどお》ったか。子供であるだけに、その衝撃《しょうげき》は強かっただろう。だが、彼や彼の父は従った。怒《いか》りを抑《おさ》え、国の安定を優先して、その義務を甘んじて受けた。だがその屈折《くっせつ》した思いと怒りは、誰にも癒《いや》せなかった。彼女をのぞいて」

鋭《するど》いヒューの視線を、シャルは跳《は》ね返すように口の端《はし》で笑う。

「鬱憤《うっぷん》を受け止める、お相手か？　その妖精はさぞかし、幸せだったろうな」

「ああ、幸せだったと思う」

皮肉な台詞《せりふ》に挑《いど》むように、ヒューはシャルを睨《にら》む。

「俺は銀砂糖子爵《ししゃく》になる前に、公爵にたくさんの砂糖菓子を作った。それらは全て、彼女に与《あた》えられたと聞いているし、実際彼女も、俺に言ったことがある。自分は少しでも、寿命を延ばしたいんだとな。公爵のために」

――寿命を？　公爵のために？

肖像画《しょうぞうが》の中で、常に憂《うれ》いをおびた微笑みを浮《う》かべていた妖精。あの憂いは、なんのためだったのだろうか。そんな疑問がわいた。

「彼女はたぶん、こうなることを心配していたんだ」

そう言った後、ヒューは押し黙《だま》った。強い風に、窓が揺《ゆ》れた。

そうしていると、サリムが部屋に入ってきた。そして焦《あせ》ったように告げる。

「子爵。街道《かいどう》に配置していた見張りから、連絡《れんらく》が来ました。ダウニング伯爵《はくしゃく》が手勢、三百騎《き》あまりを連れ、フィラックスに入ったそうです。もうすぐフィラックス城に到着《とうちゃく》する模様です」

ちっと舌打ちすると、ヒューは立ちあがった。

「あのじいさん。じいさんらしく、もっとのんびりしてりゃいいものを」

言うと、ちらっとシャルを見る。

「また、フィラックス城に行くぞ。あのじいさん、気が短い。素直《すなお》に開城しなけりゃ、殴《なぐ》り込むぞ。フィラックス城にも、アルバーン家の警備兵が二、三百は常駐《じょうちゅう》しているはずだ。乱戦になれば、城の中にいるアンも危ないぞ」

行って、アンを助けていいものだろうか。拒絶《きょぜつ》されたことを考えると迷う。

だがじっとしていることも出来ず、シャルはヒューとともに、フィラックス城に向かった。

強い風に海は荒《あ》れ、波が砕《くだ》ける音が大きく響《ひび》く。頬《ほお》にあたる雪は、細かい礫《つぶて》のようで、ぱちぱちと肌の上で弾《はじ》けた。

怒《くる》り狂う夜の嵐《あらし》の中、フィラックス城の大きな影《かげ》が、揺らめき照らし出されていた。松明《たいまつ》をかざした三百の騎兵が、岬《みさき》にいた。風に煽《あお》られる炎《ほのお》に、城の影も右に左に揺れる。

「ダウニング伯爵！」

街道から岬に上る坂道に、天幕が張られている。強い風にはためいていたが、天幕は飛ばされることなく、大きくたわんでいるだけだった。

その天幕に飛びこんだヒューの姿に、ダウニング伯爵は、驚《おどろ》いたような顔をした。

「マーキュリー？」

「フィラックス城は、開城しましたか？」

ヒューは息を整えながら、訊《き》いた。ダウニング伯爵は、皮肉な笑いを口もとに浮かべた。

「門を閉《と》ざし、立てこもっている。開城を要求したが、しばらく待ってくれと使者が来た。そのしばらくの期限は、明確じゃない。マーキュリー。おまえの説得は、失敗したらしいな」

「ご存じでしたか」

ヒューはばつが悪そうに、苦笑《にがわら》いする。

「おまえがアルバーン家に縁があるのは承知の上で、銀砂糖子爵にしたのだからな。アルバーンを説得に行くくらいのことは、やると思っていたのでな」

そこでダウニング伯爵は、厳しい目をヒューに向けた。

「しかしこれ以上は、ゆるさん。邪魔《じゃま》はするな。王国最後の火種は、消えねばならん」

「邪魔はしません。しかし、城の中に、アン・ハルフォードがいます」

「ハルフォード？」

「先の砂糖菓子品評会で、王家勲章《くんしょう》を争ったあの娘《むすめ》です」

「おお……あの」

一瞬《いっしゅん》、ダウニング伯爵は目を見開いた。しかしすぐに、軽く首をふる。

「運のないことだ。乱戦のおり、うまく隠《かく》れているように、願うしかあるまい」

ダウニング伯爵とて、罪のない少女を、積極的に見殺しにはしたくないだろう。だが彼には、使命感がある。その使命を果たすためには、少女が一人命を落とすのも、致《いた》し方ないと判断したのだ。内乱を経験し、国の安定をはかるために働いてきた老臣だ。少女一人の命と自分の使命感を、天秤《てんびん》にかけることすらしないはずだ。

「しかし」

ヒューはまだ、ダウニング伯爵に食い下がろうとして、伯爵の座るテーブルに身を乗り出す。

シャルはふっと息をつくと、ヒューに背を向けた。天幕を出る。いくらヒューが食い下がろうが、無理なことは分かっていた。あの老臣に何を言っても、意志を曲げないだろう。

風が吹きすさぶ。雪の紗幕《しゃまく》の向こうに、ぼんやり城の影がある。

それを見あげ、シャルは両手の拳を握る。

「あいつは……」

今すぐあの城に行き、彼女を連れ出さなければならない。

しかし彼女は、シャルの救いの手だけは拒否《きょひ》するかもしれない。自分が行くべきではない。

サリムに頭を下げ、乱戦になる前に城に入りこみ、彼女を連れ出してくれと頼《たの》むべきか。

そう思っていると、ちょうどサリムが、ダウニング伯爵の騎兵の群れの方向から歩いてきた。サリムは手に、小さな取っ手つきの缶《かん》をぶら下げている。

天幕の外にいるシャルを見つけると、サリムはまっすぐ、こちらにやってきた。

「騎兵の一人が、夕暮れに捕《つか》まえたそうだ」

挨拶《あいさつ》もなく、サリムはいきなりそう言った。そして手に持っていた缶を、シャルに向かって差しだした。それは兵士が腰《こし》に下げて、配給される豆の煮《に》込みなどを携行《けいこう》するための缶だ。

意味が分からず、眉をひそめていると、

「これには、見覚えがある。おまえの、知り合いかもしれない。あけてみろ」

と、促《うなが》された。わけが分からなかったが、促されるまま、缶を受け取り蓋《ふた》を開いた。

その中に、小さな妖精がすっぽり収まっていた。シャルは、我が目を疑った。

「ミスリル・リッド・ポッド？」

「シャル・フェン・シャルか？」

あまりに意外な再会に、お互《たが》い、しばし見つめあった。

「その中に入っていたスープを、こいつが全部食べたそうだ。それを見つけた兵士は、腹いせにそいつをそこに閉じこめて、誰かに売り飛ばそうと思ったらしい。俺が通りかかったら、買わないかともちかけられた」

サリムが、淡々《たんたん》と説明する。

「おまえは、なにをしてる？　城から出て、兵士の食料を食べた？」

呆《あき》れはてたシャルの言葉に、缶からよれよれと這《は》い出したミスリルは、抗弁《こうべん》する。

「いや、そうじゃない！　そうだけど、そうじゃない！　俺はちゃんと役目を果たそうとしたんだ。けど腹が減ってたし、とりあえずは腹ごしらえと思って。なんだかわかんないけど、兵士がたくさんいるから、ちょっとくらい食ってもわかんないかもって」

「おまえ一人城から出て、兵士のスープを盗《ぬす》み食いして？　あいつはどうした？」

「そうだよ、アンだ！」

ミスリルは一枚の羽を羽ばたかせ、ひょいと跳《と》び上がり、シャルの肩《かた》に乗る。

「アンは城に残ってる。気に入る砂糖菓子《がし》を作れるまで、公爵はアンを外へ出さないつもりだ。それでアンは俺に、外で待っててくれって」

「それで言われるまま、一人で出てきたのか？」

「だって俺は、おまえを探しに行かなくちゃいけないと思ったんだ」

じわりと、ミスリルの瞳《ひとみ》に涙《なみだ》が盛りあがる。

「アンが、おまえを呼んでいるから。戻《もど》ってきて欲しいって、思ってるから」

その言葉が白々しく聞こえて、冷めた気分になる。

「馬鹿《ばか》か。なにを言っている。あいつが、出て行けと言ったんだ。呼んでいるはずない」

「おまえこそ、馬鹿だ！」

「おまえに馬鹿呼ばわりされると、腹が立つ」

「そんなら何回でも言ってやる!!　馬鹿馬鹿馬鹿馬鹿!!」

ミスリルは、シャルの髪《かみ》の一房《ひとふさ》を、めちゃくちゃに引っぱった。

「アンが本気で、おまえに出て行けなんて言うと思うのかよ!? あの、アンが! あれはな、ジョナスの奴《やつ》が俺の羽を取りあげて、アンを脅《おど》して、そう言わせたんだ。ジョナスはおまえをアンから引き離《はな》して、アンをフィラックス公に差しだして。自分は逃げ出しやがったんだ!」

「……なに?」

まさかと、思考が止まる。

——ジョナスに、脅された?

「だから! アンがおまえを追い出したのは、ジョナスに脅されて、やっただけなんだって!」

——あいつは、泣き出したあとだった。だから……。

がらにもなく、呆然《ぼうぜん》としてしまった。

これほど自分は、気持ちをかき乱されたのに。その真相は、脅されてやっただけなのだと。

「なら、あいつは、今。……何をしてる」

「言っただろう!? 砂糖菓子を作ってるよ。フィラックス公が認める砂糖菓子ができあがるまで、本人も城からでないって言ってる。アンは意地でも、砂糖菓子を作る気だ」

呆然としていたのは、一瞬だった。ミスリルの言葉に、大きな焦りがわきあがる。

——あの、馬鹿が! それでも逃げ出さず、今も、砂糖菓子を作っているだと!?

肩に乗ってギャアギャアと騒《さわ》いで髪を引っぱるミスリルを、シャルは鷲摑《わしづか》みにした。

「な、なんだ⁉　おい、シャル・フェン・シャル！　放せ！」

喚《わめ》くミスリルをそのまま缶に押しこめて、サリムに無理矢理《むりやり》渡《わた》した。

「持っていろ！　あとでとりに来る！」

そして、駆《か》けだした。

サリムは肩をすくめ、ミスリル入りの缶を、つまらなそうに見おろした。

「なんで俺が、こんなものを預かることに？」

「こんなものとはなんだ⁉　俺はミスリル・リッド・ポッド様だ！　ってか、とりあえずここから出せっ――！」

缶の中から、ミスリルは喚いた。


銀砂糖を一樽《たる》。まるまるこねて、まとめあげた。それからおおざっぱに、人の形にする。それはアンの背丈《せたけ》よりも、少し大きくなった。それを見て、アルバーンは呟《つぶや》いた。

「職人。おまえは、何をするつもりだ」

アンは真剣《しんけん》な表情で、アルバーンをふり返った。

「クリスティーナ様は、どのくらいの背の高さでしたか？」

「背の高さ？」

しばらく考えた後、アルバーンは立ちあがった。そして、ぼんやりと人の形になっている、銀砂糖の塊《かたまり》の前に立つ。自分の顎《あご》のあたりを指でさす。

「このあたりの高さだ」

「では、そうします」

アンは背伸《せの》びしながら、再び銀砂糖に手を入れる。砂糖菓子としては、異様とも言える大きさだった。しかしこの大きさが必要だと、確信していた。

「何をするつもりだと訊《き》いているのだ、職人」

「同じに作ります。全《すべ》て。背丈も、顔も、表情も、全部そっくりに。クリスティーナ様の姿を思い出されるとき、どんな様子の時を一番に思い浮《う》かべますか？　わたしだったらある人を思い浮かべると、……なんだか機嫌《きげん》悪そうに見おろされるところ、とか、思い出しますけど」

しばし考え、アルバーンはそっと目を伏《ふ》せて答えた。

「力を抜《ぬ》いて、壁《かべ》にもたれて立っている。顔はこちらに向けて、微笑《ほほえ》んでいる」

「わかりました」

もし見栄《みば》えの良い作品にするならば、そんなポーズは作るべきではない。けれどこれは、アルバーンの求めるクリスティーナを形にするのだ。作品として人目を引くか否《いな》かは、関係ない。

アンは妖精《ようせい》のポーズを決めると、細部に取りかかる。

アルバーンの私室には、五つの銀砂糖の樽が運ばれている。

その他《ほか》には、冷水を満たした樽が一つと、作業台が一つ。さらにアンの部屋から運び込まれた、百以上の色粉の瓶《びん》が、床《ゆか》に並べられている。

床に置かれた石板の上で、アンは砂糖菓子を練りあげている。とうてい、貴人の部屋でやることではない。だがアルバーンは、それを許可した。

色と雰囲気《ふんいき》は、理解できている。

最初にアンが作った作品を見たとき、アルバーンは『雰囲気は、そのままだ』と言った。アンが肖像画《しょうぞうが》から読み取った、クリスティーナの雰囲気は、間違《まちが》っていない。それを思い出しながら作る。目鼻立ちをそっくりに作るのも、一度やった作業だった。

ただ気をつけたのは、作品を際《きわ》だたせようと、自分らしいあしらいをしないこと。

先がブラシのように細く裂《さ》けた木べらを手に、つま先立ちする。そうして髪の流れをつくる。ちょうど、髪をくしけずるような力加減で、頭頂部から腰にかけて、さっと一気に刻みこむ。

何百何千何万回と、細く細く繰《く》り返し刻む。

見る者に、さらさらとした手触《てざわ》りを感じさせるように。執拗《しつよう》に、刻む。

作業を続けるアンと、その指先から作られる妖精を、アルバーンは興味深げに見つめている。

どのくらい経《た》ったのか、わからなかった。夜の深い時間になっているのは、確かだった。

それでもアンは、作業を続けていた。アルバーンも眠《ねむ》らない。

風の音がいやにうるさいと、ふと作業の手を止めたときだった。

「公爵《こうしゃく》」

扉《とびら》が開き、デールが姿を現した。彼の顔は緊張《きんちょう》していた。

「三百あまりの騎兵《きへい》が、城を囲んでいます。ダウニング伯爵《はくしゃく》の手勢です」

それを聞き、アンはびっくりした。

――どうして、ダウニング伯爵が？

その言葉に、アルバーンはなんの感慨《かんがい》もなさそうに先を促《うなが》した。

「それで？」

「開城を要求してきました。そして公爵の、身柄《みがら》の拘束《こうそく》をと」

「いずれ来るとは思っていたが、予想より、遅《おそ》かった」

当然のように言うアルバーンが、不思議だった。

「いかがなされますか」

「待たせろ。私は、これを見たい」

そう言ってアルバーンが目を向けたのは、作りかけの砂糖菓子の妖精だった。まだぼんやりとしたその輪郭《りんかく》の中に、誰《だれ》かがいるかのように、彼はじっと砂糖菓子を見つめる。

「わかりました」

覚悟《かくご》を決めるかのように返事すると、デールは出て行った。

「なぜダウニング伯爵が、公爵様の身柄を拘束に？」

アンは我慢《がまん》できずに、つい口に出した。

するとアルバーンは、面白《おもしろ》いことでもあるように笑った。

「一年半、ルイストンへ行かなかった。恭順《きょうじゅん》の態度無しと、私を討《う》つには最適の口実だろう」

「ルイストンへ、いらっしゃらなかった？　どうしてなんです？　そんなことをしたら、ご自分の身が危《あや》ういのに」

煩《わずら》わしそうに眉《まゆ》をひそめ、アルバーンは椅子《いす》に腰《こし》かける。そして剣《けん》の切っ先を、脅すようにアンに向ける。

「うるさいぞ、職人。おまえは、それを作れ」

「でも、どうして」

「うるさいと言っている!!」

その怒声《どせい》に、アンは身をすくめた。

「おまえには、わかるまい！　全ての尊厳をはぎ取られ、卑屈《ひくつ》にふる舞《ま》うことを強要される者の気持ちなど。分かってくれるのは、彼女……!!」

かっとしたように怒鳴ったアルバーンは、はっと口を閉じた。己《おのれ》の思いを、咄嗟《とっさ》にぶちまけてしまったことに気がついたらしい。

アンは恐《おそ》る恐る顔を上げて、アルバーンを見た。彼はうつむき、剣を床につくと、深く溜息《ためいき》をついた。それは自分の抱《いだ》く妄執《もうしゅう》にすら、疲《つか》れたようにも見えた。

室内は清潔に整えられている。だが質素な石壁と、毛織物の絨毯《じゅうたん》と、窓の外にはもの悲しい海鳴りだけ。これがセドリック祖王の末裔《まつえい》の城とは、思えない。ヒューの住むシルバーウェストル城の方が、よほど豪奢《ごうしゃ》だ。

誇《ほこ》り高い一族が抑圧《よくあつ》され。それでも国の秩序《ちつじょ》を守るためと、必死に耐《た》えてきたのだろう。

そのすさむ気持ちを慰《なぐさ》めたのが、妖精だったのだろうか。

だがその妖精は消えた。

その後一年半、アルバーンはルイストンへ行かなかった。その意味と結果を、彼が理解していないはずはない。なのに行かなかった。

それは、緩慢《かんまん》に自滅《じめつ》を選ぶ態度だ。

クリスティーナを失って、アルバーンはそれほど絶望したのだ。彼女を失い、抑圧され続けることにも、耐えられなくなったのだろう。

愛するものを失った哀《かな》しみは、アンにも分かる。アンも母親が亡《な》くなってから、それを心の内に深く感じ、ひとりぼっちだと思ったとき、一歩も動けなかった。

——この方も、自分はひとりぼっちだと思ってる。

すさむ気持ちをもてあまし、やっと得られたやすらぎ。それが消えたあと、ひとりぼっちの孤独《こどく》が妄執を生んだ。しかし自ら生み出したその妄執すらも、自らを蝕《むしば》んでいる。

そんな人が唯一《ゆいいつ》望むものがこの砂糖菓子《がし》なら、作ってみせよう。

その人の思いを、そのまま写して。

アンは再び、作業に取りかかる。休む暇《ひま》もなく、色粉を混ぜ、練る。

風の音と、暖炉《だんろ》ではぜる薪《まき》の音だけが、アンの耳に聞こえていた。

部屋の中は、適度な温度に保たれている。しかし懸命《けんめい》に作業を続けるアンは、汗《あせ》だくになっていた。額の汗を、手の甲《こう》でぬぐう。床に膝《ひざ》をつき、石板の上で、妖精の羽を作るための練りを繰り返していた。もっともっと、艶《つや》が必要だ。そして絹のように薄《うす》くのばすのだ。

その火照《ほて》った頬《ほお》に、すうっと、冷たい風が感じられた。

ノックもなかったが、誰かが部屋に入ってきたのが分かった。デールだろうと思い、アンは顔を上げなかった。アルバーンも同じらしく、じっとアンの手元を見つめたままだ。

突然《とつぜん》、アンの頭の上あたりで声がした。

「返してもらおう」

聞き慣れた声に、アンは驚《おどろ》き、視線をあげた。

「……シャル？」

信じられなかった。作業に没頭《ぼっとう》していたために、頭が多少、ぼうっとしている。幻覚《げんかく》でも見ているのだろうか。シャル・フェン・シャルは剣を手に、アンの真横に立っていた。そしてアルバーンに、剣の切っ先を向けている。刀身が、暖炉の炎《ほのお》を映して輝《かがや》いていた。

アルバーンも顔をあげ、眉をひそめる。

「おまえは、……この職人と一緒《いっしょ》にいた妖精か。マーキュリーの戦士妖精だとも、聞いたが。なにをしに来た」

「返してもらいに来た。こいつを」

「この職人は、返さん。私が望むものを作りあげるまで、ここにとどめ置く」

「ならば、今ここで、貴様を斬《き》る。その首をダウニング伯爵に届ければ、喜ぶだろう」

アンはぽかんとしたまま、呟《つぶや》いた。

「シャル……ほんもの？」

シャルはちらりとアンを見た。そして、ずけっと言った。

「おまえの馬鹿さには、呆《あき》れる」

確かに、本物らしい口の悪さだ。けれどその遠慮《えんりょ》のないひと言を聞くと、目頭《めがしら》が熱くなった。

「シャル？　どうして、来てくれたの？　シャル……」

両手を口もとにあて、呟く。涙《なみだ》がこぼれそうだった。

「ジョナスのことは、ミスリル・リッド・ポッドから聞いた」

「ミスリル。本当に、知らせてくれたんだ……シャル。ごめんね。わたしはあの時」

申し訳なさと嬉《うれ》しさが、胸の中に膨《ふく》れあがる。

「詫《わ》びは、必要ない。立て。ここは危険だ。準備を整えれば、ダウニング伯爵の兵士たちが、門を突破《とっぱ》して突入してくる。その前に、この城を出る」

「え……でも、わたし……砂糖菓子が」

咄嗟に、出られないと思った。

ゆっくりと、アルバーンが立ちあがった。その手には鞘《さや》を払《はら》った剣がある。

「その職人が行くことは許さない。仕事を続けろ」

「連れていく。やるつもりならば、くるがいい」

シャルも剣を構える。瞳《ひとみ》に、磨《みが》かれた黒曜石の鋭《するど》さが宿る。

「待って！」

アンはシャルの背中に、飛びついた。

「待って、シャル！　公爵様も、待ってください。わたしは、このまま仕事を続けます。だから剣を引いてください！」

今度はシャルが、びっくりしたようにアンをふり返った。

「正気か？」

「本気よ」

シャルを見あげて、訴える。

「わたしは、この仕事を形にしたい。この妖精《ようせい》の砂糖菓子を、作りたいの」

「おまえは、なにを」

「引き受けたの。作れると、引き受けたの！　作りたいの。できると思うの。だから、やらせて。お願い」

その言葉に、アルバーンすら、驚いたような顔をしていた。

仕事を続けたかった。もうすぐで完成できると、手応《てごた》えも感じている。これをこのまま放置して、逃げ出すことはとうていできなかった。これは自分の仕事だ。

「お願い、仕事を続けさせて！」

「この城は兵士に囲まれている。奴《やつ》らが突入してくれば、乱戦になる」

「わかってる」

「危険だ」

「危険なのもわかってる。でも、仕事を途中《とちゅう》で放《ほう》り出せない。お願い。これはわたしが唯一できることで、わたしの誇りなの」

「……呆れる……」

ふっとシャルの体から殺気が引き、かまえをといた。手にある剣が、光になって霧散《むさん》する。

シャルは深い溜息をついた。

「作れ。ただし、俺もここにいる」

アンはアルバーンに、おずおずと訊《き》いた。

「彼がここにいても、いいでしょうか？　もしお許しいただけるならば、彼も納得《なっとく》してくれます。わたしは仕事を続けられます」

「……いいだろう」

許すと、アルバーンは剣を手に再び椅子に座った。

シャルは壁際《かべぎわ》に移動し、アンの作業を見守るかたちになった。

再び作業を進めながらも、アンは、シャルがここにいることが、信じられなかった。

──帰ってきてくれた。誤解が解けた。迎《むか》えに来てくれた。許してくれた。

嬉しさが、心の中にあふれる。

要所要所で、アンはアルバーンに、クリスティーナの様子についての確認《かくにん》をとった。

手の表情や、指の細さ。微笑《ほほえ》み方。首の傾《かし》げ方。あらゆるものに、気を配る。色彩《しきさい》には、特に気を配った。彼女の持つ淡《あわ》い青を、忠実に再現するために微妙《びみょう》な色粉の加減を繰《く》り返す。

妖精の形が明確になるにつれ、アルバーンの表情が変わっていく。無感動だった緑の瞳に、求める者の情熱が宿る。

「よく、似ている」

目鼻立ちがわかりだすと、アルバーンは言った。

「似ている。だが、……瞳が違《ちが》う。こんなに白く、濁《にご》った色ではなかった」

「どんな色でしたか」

「銀だ。光を弾《はじ》くような、透明感《とうめいかん》のある銀だ」

「銀ですか」

アンはむっと考えこんだ。

——銀色は、普通《ふつう》の方法では作れない。しかも透明感が必要。どうすればいいの？

アルバーンの熱心な様子を、シャルは冷ややかに見守っている。

「その瞳があれば、彼女は……クリスティーナだ」

その呟きに、シャルはくすっと笑った。嘲笑《ちようしよう》だった。

嘲笑の響《ひび》きを感じ取り、アルバーンがシャルを睨《にら》む。

「なにがおかしい」

「それは、砂糖菓子《がし》だ」

「クリスティーナだ」

「こいつの手で作られた、砂糖菓子だ。そんなものを作らせて、なにになる」

するとアルバーンは、自嘲するかのような笑《え》みを浮《う》かべた。

「妖精は、もののエネルギーが、生き物の視線によって凝縮《ぎょうしゅく》して生まれる」

「だから？」

「だから。この形を求めた」

「……え？」

意外な言葉に、アンは首をひねる。

「どういう意味でしょうか？」

「クリスティーナの『形』だ。しかも妖精の命を延ばす、銀砂糖の砂糖菓子だ。妖精は、ものから生まれる。ならばこれを私が見つめていれば、ここから、何が生まれるか？　可能性はあると思わないか？　職人」

──銀砂糖で作ったクリスティーナ様の形から、何が生まれると？

アルバーンの意図が分からず、首を傾げる。しかしすぐに、はっとした。

「まさか……。もう一度、ここからクリスティーナ様が生まれ出る、と？」

そんなことは、ありえない。

クリスティーナは、波のエネルギーから生まれたのだ。よしんば砂糖菓子からなにかが生まれたとしても、それが彼女そのものである可能性は、限りなく低い。

皆無《かいむ》に近い。

「妖精が消える瞬間《しゅんかん》を、見たことがあるか？　光の粒《つぶ》になって、宙に霧散していく。彼女を形作っていたものは、宙に溶《と》けて消える。ならばもう一度、宙に溶けたものを形にすることができればいい。妖精は美しい『形』の砂糖菓子によって、寿命《じゅみょう》を延ばす。砂糖菓子の形が良ければよいほど、妖精の寿命は延びる。『形』には、なんらかのエネルギーがあるのだ。妖精の命は、その『形』と関係がある。『形』だ。『形』が必要だ」

アルバーンが熱っぽく語るのは、妄執《もうしゅう》がみせる、根拠《こんきょ》のない希望だ。

しかしアンは、否定を口に出来なかった。根拠がない希望とはいえ、それにすがる人間に対して、事実を突《つ》きつけるのはあまりに非情だ。

だがシャルは違った。

「ありえない」

容赦《ようしゃ》なく突っぱねる。

「なくしたものは、甦《よみがえ》らない。どんなに泣きわめいて、求めても、戻《もど》らない。そんなものを見つめていても、得体の知れない、いびつな妖精が生まれてくるのがおちだ」

「それ以上言うことは、許さぬ！」

激昂《げっこう》したアルバーンが、剣《けん》を持って立ちあがる。シャルは壁《かべ》にもたれたまま、動かない。軽蔑《けいべつ》するように、アルバーンに言い放つ。

「言おうが言うまいが、それが事実だ」

「やめて、シャル！」

シャルの腕《うで》を引っぱる。

「そんなこと、言わないで！」

冷酷《れいこく》な現実で、シャルがアルバーンを追いつめるのを、黙《だま》って見ていられなかった。

その時だった。城が震《ふる》えた。

はっと三人が息を呑《の》むのと同時に、部屋の扉《とびら》が開き、デールが飛びこんできた。

「門に、爆薬《ばくやく》が。門が開かれました。兵が来ます」

「……間に合わなかったか」

アルバーンは、呟《つぶや》いた。

「いつでもいいと、思っていたが……まさか。諦《あきら》めていたものが、もう少しで、できあがるときに……」

——この人に、この人の望む妖精をさしあげたい。

初めて、アルバーンの人間らしい弱い声を聞いた。そのことで、作ってあげたいという思いが、いっそう強くアンの中にわきあがる。彼の望むものができあがるまで、もう少しなのだ。

焦《あせ》りが生じた瞬間。頭の中に、何かが閃《ひらめ》いた。

「あっ……」

アンはぱっとシャルの腕を放すと、銀砂糖を入れた石の器《うつわ》を手にする。

咄嗟《とっさ》に思いついたのは、銀の色を作る方法だ。

「公爵《こうしゃく》！　瞳《ひとみ》ですね。瞳ができれば、完璧《かんぺき》なんですね。やります、だから、見ていてください」

確認しながら、手近な鍋《なべ》を探す。その腕を、慌《あわ》てたようにシャルが引っぱる。

「この期《ご》に及《およ》んで、まだ作るのか!?」

「もうすぐ完成なのに、止《や》められない。わたしはこの部屋に兵士が入ってくるまで、作る」

「おまえが、この男の妄想《もうそう》に、つきあう必要はない！」

「つきあうんじゃないわ！　これは、わたしの仕事なの！　ひきうけたから、やりきりたい。わたしは綺麗《きれい》じゃないし、頭も良くないし、お金持ちでもないけど。でもこれだけは、誰にも負けないって、思いたい。わたしの仕事だから。だから、中途半端《ちゅうとはんぱ》じゃ止められない」

その言葉に、シャルは驚《おどろ》いたようにアンを見つめた。しばしの沈黙《ちんもく》の後、シャルは訊いた。

「それが、望みか」

「うん」

「おまえは、馬鹿だ」

「そうだと思う。でも、やりとげたいの」

「それが望みなら。……おまえの、望みのままに」

シャルはそっと、アンの頬《ほお》に手を触《ふ》れた。

「できる限り、兵士を足止めしてやる。納得できるまで、作れ」

それだけ言い置くと、シャルはきびすを返し、部屋を出た。

七章　あなたを見つめつづければ

古い城は戦《いくさ》を想定した構造なので、城主の居室を守るのはたやすい。敵兵が突入《とつにゅう》してきた場合、城主の居室を一定時間守り、その間に城主は逃げ出す、あるいは自決するためだ。

天守中央の階段以外に、アルバーンの部屋へあがるための手段はない。

天守中央の階段は、大人二人がかろうじて並んで歩ける幅《はば》しかない。また、つづら折りになっているので、駆《か》けあがるのは一苦労だ。

その階段室の入り口を守れば、アンとアルバーンのいる部屋には、誰も近づけない。

シャルは階段室の入り口に、剣を手にして立った。

静かに、目を閉じる。気が気ではなかった。

背後に守っている部屋の中には、アンがいる。それはいい。問題はアルバーンだ。

あの妄執に取り憑《つ》かれた男が、なにかのはずみで、アンに危害を及《およ》ぼさないだろうか。本当ならば、彼ら二人を残してくることなどしたくなかった。

けれどアンは、砂糖菓子の完成を強く望んでいる。それはけして、千クレスの報酬《ほうしゅう》のためだけではない。意地でもないだろう。自らの誇《ほこ》りと、職人の執念だ。

「あの、馬鹿」

けれどそれはアンが、アンであるからには、どうしようもないことだ。それがアンの望みなら、それをかなえてやろうと思った。

天守の外で、もみ合う兵士たちの声と剣戟《けんげき》の音が聞こえる。もうすぐ来る。

「あそこだ！　あの階段だ」

兵士の声がした。目を開くと、鎖帷子《くさりかたびら》の音を響《ひび》かせ、五人の兵士がこちらに駆けてくるのが見えた。剣を構え、命じる。

「止まれ」

兵士たちはシャルの姿を認め、立ち止まる。

「フィラックス公の、戦士妖精《ようせい》か？」

戸惑《とまど》ったように、顔を見合わせる。そして言った。

「妖精、そこをどけ。いまさら主人を守っても、どうしようもないぞ。おまえの主人はこれから我々に拘束《こうそく》される。おまえの主人も、必然的に替《か》わる」

「あいにく、俺に主人はいない」

その答えに、兵士たちはますます困惑《こんわく》した表情になる。

「誰の命令でもないが、ここを通すわけにはいかない」

五人の兵士たちは、シャルの意志が固いことを感じたらしい。剣を構えた。

シャルも油断なく剣を構えたまま、五人をざっと見渡《みわた》す。

「お――い、やめやめ」

その時、兵士たちの背後から声がした。暗い廊下《ろうか》の向こうから、ランプを手に歩いてきたのはヒューだった。その背後には、血で汚《よご》れた剣を持ったサリムが従っている。

兵士たちは、現れたヒューを見て目を丸くした。

「銀砂糖子爵《ししやく》？　なぜ、こちらに。天幕でダウニング伯爵《はくしやく》とともに待機をなさると……」

「待機しようと思ったんだが。俺の旧知のお方を捕《つか》まえるのならば、俺が直接行きたいとダウニング伯爵に申し上げたら、許可が出た。乱戦の中をサリムの馬でつっきって、ここまで来た。それはそうと、おまえたち、それを相手にするのはやめとけ。五人まとめて、斬《き》られる」

いいながらヒューは、五人の兵士の前に出てきた。

「おまえがアンを助けるために、勝手に出ていったのはサリムから聞いてるんだがな。そのおまえが、どうしてアルバーンを守っているんだ？　シャル」

「奴《やつ》を守っているわけじゃない。時間が欲しいだけだ。しばらく、ここは通さない」

「こうなったからには、もうアルバーンに逃げる道はない。俺は早々に彼に会って、彼を無傷で連行したい。それだけだ。通してくれ、シャル。彼が抵抗《ていこう》したと思われれば思われるほど、彼は不利になる」

「悪いが、通せない」

「なぜだ」

「時間が必要だ。あいつが望んでいる」

「あいつ？　アンか？　何をしているのか知らないが、とにかく通せ」

「断る」

ヒューは苛立《いらだ》ったように、舌を鳴らした。

「おまえは、忘れてないか？　おまえの羽は、ここにあるんだぞ」

胸の内ポケットをそっと探《さぐ》ると、ヒューは鋭《するど》い視線をシャルに向けた。羽を痛めつけられる前の、ぞっとするような感覚を背筋に感じる。それを奥歯でかみ殺し、薄《うす》く笑う。

「やりたければ、やるがいい」

「俺はおまえの主人だ」

「俺に主人はいない」

再度、シャルは言った。シャルとヒューの視線が、強く絡《から》み合う。


「銀色の、透明感《とうめいかん》のある瞳ですね」

アンは銀砂糖をひとつかみ、小鍋に入れた。それを持って暖炉《だんろ》に走ると、小鍋の底を暖炉の炎《ほのお》の先にかざす。

「なにをする気だ」

アルバーンは、アンの気迫《きはく》に圧倒《あっとう》されたように呟《つぶや》く。彼女が兵士の突入後も、ぎりぎりまで砂糖菓子《がし》を作り続けると言いきったことに、驚きと当惑《とうわく》を隠《かく》せない様子だった。

「銀色の瞳を作ります」

温められた小鍋の中で、銀砂糖が溶《と》けだす。銀砂糖が、とろりとした透明の液体に変わる。ぷつぷつと、小さな気泡《きほう》が鍋の底からわきあがった。

「よし」

アンは鍋を火からはずすと、そのまま作業台の石板へ向かう。石板の上に、溶けた銀砂糖を一気にあける。どろりと広がった透明な銀砂糖の液体を、アンは冷水で冷やした指で触《さわ》った。

「あつっ……！」

その熱さに一瞬《いっしゅん》手を引っこめる。が、再び冷水で指を冷やし、はやくも固まりはじめた銀砂糖の液体を、親指の爪《つめ》くらいの大きさに取り分けた。それを二つ。液体は見る間に、粘度《ねんど》が増す。柔《やわ》らかなゼリー状になった二つの小さな銀砂糖。それを、石板の上で丸めていく。

一度熱で溶けた銀砂糖は、性質が変化する。冷めてしまえばかちかちに固まり、ガラスのように透明になる。

石板の上で、掌《てのひら》を使って転がしていた溶けた銀砂糖は、見事な球体になった。

小さな球体は、小粒《こつぶ》の水晶玉《すいしょうだま》にも見える。

その二つを指先でつまみ、ランプの光ですかしてみる。オレンジ色の光が、屈折《くっせつ》してきらきらと透過《とうか》する。それをじっと見つめて、頷《うなず》いた。

「うん。大丈夫《だいじょうぶ》」

それから砂糖菓子の、顔の部分に手をかけた。目の位置に窪《くぼ》みを作る。眼窩《がんか》だ。眼窩の底に、灰色の色彩《しきさい》を施《ほどこ》した銀砂糖を詰《つ》める。眼窩に、今しがた作った球体をはめ込む。瞼《まぶた》をつけ、睫《まつげ》を作る。睫は一本一本、息を詰めるようにして指先でよりあわせ、細く細く作りあげる。それを無数にうえつけた。そして針を手に、その睫の先をさらに細く裂《さ》く。

——出てきて。

無意識に、心の中で祈《いの》っていた。

——ここに。この銀砂糖に。現れて。

自分の指先に願う。アルバーンの望む『形』が、そこに現れるようにと。

「……これは……」

アルバーンは呻《うめ》くと、思わずのように立ちあがる。

アンは針で睫を形作りながら、額から流れる汗《あせ》に目をしょぼしょぼさせた。けれど汗をぬぐう時間も惜《お》しくて、そのまま作業を続けた。

アルバーンが、ゆっくりと砂糖菓子に近づいてきた。

針の動きを、アンはふっと止めた。彼女の本能が、なにかが完成したのだと、告げた。

——たぶん。もう、いい。

腕をおろし、アンは砂糖菓子の全体を見た。

銀の瞳《ひとみ》が、アンを見おろしていた。

「クリスティーナ」

アルバーンが、囁《ささや》く。アンはほっとして、微笑《ほほえ》む。

「公爵様の意に添《そ》う砂糖菓子を、作ることが出来ていますか？」

等身大の妖精の砂糖菓子を見おろして、アルバーンは呟く。

「彼女だ」

それは、砂糖菓子としては異様なほど大きい。だが空気に馴染《なじ》むかのように、なにげない姿勢で立つ妖精の姿は、その大きさのわりには目を引かない。淡《あわ》い青の色彩が、今にも消えそうなほど儚《はかな》い。それでもじっと見つめれば、水の流れのようにさらさらした髪《かみ》や、優《やさ》しく笑みを浮《う》かべる口もと、銀の瞳が、はっとするほど清らかだと分かる。

おそらく、いつも控《ひか》えめにアルバーンの側《そば》にいて、そっと微笑んでいたのだろう。彼女は、そんな女性だったのだろう。アンにはなんとなく分かった。

「できたんですね。よかった」

ほっとして、笑みがこぼれた。アルバーンが、アンを見た。彼はしばし無言だった。

「職人……おまえの名を、訊《き》いていなかった」

「ハルフォードです。アン・ハルフォードと申します」

「ハルフォードか」

確かめるように繰《く》り返すと、アルバーンは今一度、砂糖菓子の妖精に顔を向ける。

「私は、これが欲しかったのだ。ハルフォード」

「はい」

「皮肉なものだ。これを目の前にすると、いっそうよく分かる。あの妖精《ようせい》が言ったように、こ

んなただの『形』から、あの愛情にあふれた命が生まれるわけはない。……だが。欲しかった。もしかしてと思いついた瞬間《しゅんかん》から、欲しくてたまらなくなった……彼女に会いたかった」

淡々《たんたん》と語るアルバーンからは、今まで身にまとっていた妄執《もうしゅう》が消えている。

理知的で穏《おだ》やかで、高貴な身分ではあるが、不遇《ふぐう》な立場にある青年がそこにはいた。

取り憑《つ》かれたように砂糖菓子を求めていたときにも、おそらく、心の底には、この理性を備えた自分がいたに違《ちが》いない。理性と妄執の板挟《いたばさ》みで、彼は苦しんだ。

——いっそ妄執のみの人間になれれば、今この瞬間、公爵《こうしゃく》様は歓喜《かんき》に浸《ひた》れたはずなのに。

狂《くる》おしく欲《ほっ》したものを、手に入れたはずだ。

なのに哀《かな》しげな表情のアルバーンを見ると、アンは胸が痛んだ。さっきまで感じていた、アルバーンの全身を包む狂気《きょうき》の青色。それが本当は、哀しみと絶望の色だったのだと気がつく。

「どんなに愚《おろ》かな考えでも、欲しかった。ただ、欲しかった」

「誰《だれ》も、証明したわけじゃありません」

思わず、アンは言った。アルバーンがゆっくりアンに顔を向ける。

「もののエネルギーと、生き物の視線で妖精は生まれる。この『形』が、もしクリスティーナ様そのものなら。もしかしたら。公爵様がクリスティーナ様を思ってこれを見つめ続けていれば、いつか、なにかが起きるかも知れません。起きないと、誰も証明したわけではないです」

その言葉に、アルバーンはふっと笑う。

「慰《なぐさ》めでも、嬉《うれ》しいものだな。確かに、この砂糖菓子はクリスティーナそのものだ。なにかが起こっても、不思議はないと思わせるほどにな。……ハルフォード」

「はい」

「そこの机の上に、革袋《かわぶくろ》がある。百クレス金貨十枚が入っている。持っていくがいい」

執務《しつむ》用の机の上には、確かに革の袋が置かれている。

「よろしいのですか？」

「約束だ。遠慮《えんりょ》は無用だ。それを持って、おまえの妖精のところへ帰るがいい。行け」

言われるままに、アンは革袋を手にした。ずっしりと重かった。袋の中でこすれ合う硬貨《こうか》の音は、間違《まちが》いなく金だろう。

「では、頂戴《ちょうだい》します」

ぺこりと頭を下げると、扉《とびら》を出ていこうとした。

「ハルフォード」

扉を出る直前、呼び止められた。ふり返ると、アルバーンは微笑んでいた。優しい笑顔だったが、今にも泣き出しそうに見えた。

「おまえは、最高の砂糖菓子職人だ」

アンも微笑み返した。これから先、目の前の青年に、少しでも救いがあることを願いながら。

「ありがとうございます」

ヒューとシャルは、睨《にら》みあっていた。

ヒューが上衣《うわぎ》の内側に差し入れた手に、わずかに力をこめる。全身に違和感《いわかん》を感じ、シャルは眉根《まゆね》を寄せる。

──やる気か。

と、突然《とつぜん》。全身の違和感が消える。ヒューがシャルの肩越《かたご》しに、階段を見あげていた。

「アン？」

ヒューの呟きに、シャルは背後をふり返った。

薄暗《うすぐら》い階段から、アンが降りてくる。革の袋を両手で握《にぎ》りしめて、胸の前に持っている。彼女は疲労《ひろう》のためか、ふわふわと、頼《たよ》りない足取りだ。そこにいるシャルの姿を、アンは認めたらしい。ふわっと微笑んだ。

「シャル。……え？　ヒュー？」

そう呼んだ拍子《ひょうし》に、アンは足を踏《ふ》み外した。きゃっと短い悲鳴とともに、アンの体が宙に放《ほう》り出される。

「アン！」

声をあげたヒューよりも早く、シャルは手にした剣《けん》を霧《む》散《さん》させると、落下してくるアンの体を受け止めた。どっと腕にかかった衝撃《しょうげき》を、ぐっとこらえる。受け止めたと確信できると、シャルは息をついて、アンの顔を見おろした。

アンは落下の衝撃から立ち直っていないらしく、ただ目をまん丸にしてシャルを見あげていた。

「シャル。あ……ありがとう」

普通《ふつう》ならここで、彼女の不注意について、ひと言言いたいところだった。だが。アンが無事に帰ってきたことに安堵《あんど》して、声が出ない。無言で床《ゆか》にアンをおろすと、そのまま胸にしっかり抱《だ》きしめる。

「シャル？」

アンが不思議そうに彼の名を呼ぶ。

ヒューが、二人に近づいてきた。

「怪我《けが》はないか？　アン」

「本物のヒューよね？　どうして、こんなところにいるの？」

アンはシャルの腕の中からヒューに問いかけた。

「色々事情があってな、フィラックス公の身柄《みがら》を拘束《こうそく》に来た。彼は、上にいるのか？」

「うん。いる。砂糖菓子《がし》と一緒《いっしょ》に」

そう答えたアンは、どこか満足そうだった。

「砂糖菓子？　おまえが作ったのか？」

「そうよ。クリスティーナ様という方の、砂糖菓子」

「そうか」

一瞬《いっしゅん》だけ、ヒューは痛ましげな表情になる。

「公爵様は、もう覚悟《かくご》なさっているみたい。だから乱暴しないで、お願い、ヒュー」

するとヒューは肩《かた》をすくめた。

「俺は銀砂糖子爵《ししゃく》だから、荒事《あらごと》はしないんだよ。安心しな」

そして背後の兵士五人とサリムに向かって、顎《あご》をしゃくる。

「聞いてのとおりだ。乱暴はするなよ。おい、おまえたちのうちの一人は、外へ出て、ダウニング伯爵《はくしゃく》に知らせろ。フィラックス公は拘束された。戦《いくさ》をやめるようにとな。サリム。おまえが残り四人を先導して、上の部屋に行け。おまえなら、場所が分かる。俺は後から行く」

兵士の一人が、天守の外へ向けて駆《か》けだす。四人の兵士を従え、サリムが階段を上っていく。

それを見送り、ヒューは胸の内ポケットから小さな革袋を取り出した。

「これを、返そう」

シャルの羽が入った革袋だ。アンが首をひねる。

「それ……シャルの。どうしてヒューが」

「シャルから取りあげたんだが、これを持ってても、こいつはいっこうに俺の言うことなんか聞きやしないからな。必要ない。ほらよ」

無造作に、シャルに向かって放り投げてきた。シャルはそれを片手で受け止めた。

「借りは返すぞ」

　シャルの言葉に、ヒューは「ええっ！」と、大げさに驚《おどろ》いた顔をしてみせる。

「どうしてだ？　俺は羽を返したんだぜ。アンと同じことをやって、どうしてアンにはそれで、俺には借りを返すってことになるんだ？　差別だな」

　そう言いながら、ヒューはにやにや笑って階段を上っていった。

　ようやく静かになり、アンはやっと、自分がずっとシャルの胸に抱きしめられていることに気がついたらしい。

「あっ！　なんで、わたし！」

　驚いたように、シャルから逃《のが》れようと身じろぎする。しかしシャルは、それをさせなかった。さらに腕に力を込めて、抱き寄せた。それを感じたらしく、アンの動きが止まる。

「シャル？」

　アンの顔が、みるみる赤くなる。でもかまわず、抱きしめる。

「どうしたの？　ねぇ。えっと、あ。そうだ。千クレスもらえたの。ここに持ってる」

　胸の前に両手で持った革袋を、ちょっと動かす気配がする。

「ねぇ、シャル」

「しばらく、動くな」

「え……でも」

　うろたえたような声を聞いたが、さらに抱きしめる。アンはうつむいた。

「……は、はい」

素直《すなお》に返事すると、動かなくなる。

「この馬鹿《ばか》。心配をさせるな」

「ごめん。でも、わたし。砂糖菓子職人だから……。でも、ごめん」

「アン」

無事を確かめるように、彼女の名を呟《つぶや》く。するとアンが、ぽそりと言った。

「二度目……」

それを、シャルは聞き留めた。

「なにが？」

「『かかし』とか『この馬鹿』とか『間抜《まぬ》け』とか呼ばないで、わたしのことをアンって、名前で呼んでくれたの。今ので、二回目」

その言葉に、シャルは目を丸くした。

「そんなものの回数を、いちいち数えているのか？　どうして」

「だって。名前で呼ばれると、嬉しいから」

——そうなのか!?

軽く、衝撃だった。そんな些細《ささい》なことで、嬉しがったり悲しがったりするのならば、アンの奇妙《きみょう》な態度を、自分が理解できないのも頷《うなず》ける。

つくづく。人間というのは、よくわからない。

特にアンのことは、リズよりもわからなかった。すくなくともリズの行動は、予測できた。しかしアンの行動は、予測できない。あのアルバーンを目の前に、城が兵士に包囲されているのを承知で、砂糖菓子を作り続けるとは思わなかった。それが望みだと、強い意志を宿した瞳《ひとみ》で言い切った。あんな強い眼差《まなざ》しをする少女を、シャルは他《ほか》に知らない。

理解できないことや、驚くことばかりだ。

だがそれが、なぜか不愉快《ふゆかい》ではない。面白《おもしろ》いとさえ思える。それが不思議だった。

とりあえず今後は、彼女のことは極力名前で呼ぼうと心に決めた。

「シャル」

囁《ささや》くような声で、自信なさそうにアンが言った。

「一緒にいて欲しいの。これからも、いい？」

答えのかわりに、シャルはアンを、さらに強く抱きしめる。

理由はまだ、分からない。けれど、腕の中にこの少女を取り戻《もど》せたことで、ほっとしていた。

抱きしめている体は、温かい。その温かさは、ふわふわと柔《やわ》らかいものを抱いているのに似ていた。

フィラックス公爵《こうしゃく》アルバーンは、銀砂糖子爵ヒュー・マーキュリーに捕縛《ほばく》され、ダウニング伯爵監視《はくしゃくかんし》の下《もと》、ルイストンへ送られた。

その一ヶ月後には、国王エドモンド二世の従兄弟《いとこ》である、ジョン・ブラックが新たにフィラックス公爵に叙爵《じょしゃく》された。

アルバーンは、当然処刑《しょけい》されるものと思われた。

しかし拘束されたアルバーンは、常と変わらぬ理知的で穏《おだ》やかな青年だった。身柄の拘束についても、義務を怠《おこた》ったのだから当然だと、自ら言った。

その殊勝《しゅしょう》な態度に、アルバーン家滅亡《めつぼう》を画策する急先鋒《きゅうせんぽう》であったダウニング伯爵ですら、心を動かされた様子だったらしい。

もともとアルバーンに対して同情的であった国王は、当然、厳罰《げんばつ》を望まない。

結局。アルバーンは身分を剝奪《はくだつ》された。そしてウェストル近郊《きんこう》の小さな城で、ダウニング伯爵の監視下に置かれ、蟄居《ちっきょ》となった。

外部との接触《せっしょく》は許可されず、婚姻《こんいん》も認められない。

身の回りの世話は妖精《ようせい》がおこなう。人間の女性が身の回りの世話をして、まかりまちがって、血筋が残る事態になってはならないという配慮《はいりょ》からだった。

ウィリアムの代で、アルバーン家は終わる。彼は生涯《しょうがい》、虜囚《りょしゅう》の身となった。

しかしアルバーンは、日々穏やかに暮らしているらしい。もはや、国王におもねる態度を強要されずに済む。虜囚であるほうが、自らの誇《ほこ》りを守ることができるのだ。

彼は特別に作らせた、妖精の砂糖菓子《がし》を部屋に置いている。それを毎日、飽《あ》きもせずに眺《なが》めて暮らしているという。

出兵までしながら、異例中の異例とも言える、寛容《かんよう》な処遇《しょぐう》だった。

そのことで、人々は噂《うわさ》した。

「フィラックス公は、素晴らしい砂糖菓子を手に入れた。そのおかげで、普通《ふつう》では考えられないような幸運がもたらされたに違《ちが》いない」と。

そしてその砂糖菓子を作った職人の名前も、おのずと、噂されるようになっていた。


「こんにちは！　おばさん」

ルイストンの西の外れにある風見鶏亭《かざみどりてい》の扉《とびら》を開けると、客たちに料理を給仕《きゅうじ》していた女将《おかみ》さんが、ぱっと目を輝《かがや》かせた。

「お嬢《じょう》ちゃんかい!?　あんた、やったね」

料理の皿を、客のテーブルに放《ほう》り出すように置くと、女将さんはこちらに駆けてきた。

そしてアンを、ぎゅっと胸に抱《だ》きしめる。

「おばさん？　どうしたの？　やったって、なにが？」

「噂になってるよ。フィラックス公の気に入る砂糖菓子を作って、そのおかげでフィラックス公には、素晴らしい幸運がもたらされたんだって。その砂糖菓子を作った職人の名前が、アン・ハルフォードだって！」

「そうなの？」

アンのほうが、驚く。自分たちよりも、噂のほうが先に、ルイストンに到着《とうちゃく》していたらしい。

フィラックス城をあとにして、三日間。アンは、フィラックスの町で過ごした。疲《つか》れをとってから、再びルイストンへ舞《ま》い戻ってきたのだ。

冬の間寝泊《ねと》まりする宿を確保し、その宿で、楽しい年末を過ごすつもりだった。

そのための資金は、アルバーンから拝領した千クレスだ。

充分《じゅうぶん》すぎるほどの金を持っている。だが生来の貧乏性《びんぼうしょう》のため、宿は自分の身分にあった、安価で安全なところを選びたかった。

そこで風見鶏亭にやってきたのだ。

女将さんはアンを解放すると、背後にいるシャルとミスリルにも、にこにこ笑いかける。

「あんたたちも、よく来たね」

女将さんの言葉に、昼食を取っていた客たちが、こちらに興味を持ったらしい。

近くのテーブルから、行商人風の男が声をかけてきた。

「あんたが、あの噂の砂糖菓子職人か。若いんだな。どのくらいの値段で、作るんだ？」

「一番大きくて、手の込んだものなら、二クレスってとこですけど」

「へぇ、わりに手頃《てごろ》だな。俺、今度子供が生まれるんだ。祝いの砂糖菓子を、頼《たの》もうかな」

「ええ、ぜひ！」

その時、面白くなさそうな声が、部屋の隅《すみ》から聞こえた。

「やめた方が、いいんじゃないですかねぇ。そいつに砂糖菓子を作らせるのは」

見ると、いつぞやのラドクリフ工房《こうぼう》派の若者たちだった。ジョナスもいる。ジョナスはアンと目が合うと、急いで視線をそらした。

「あの女は、銀砂糖子爵《ししゃく》をたらしこんだんだ。フィラックス公にだって、どうやって気に入られたのか分かったもんじゃない。なぁ、ジョナス」

仲間に同意を求められ、ジョナスはうろうろと視線が定まらないまま、小さな声で返した。

「あ、うん……まあ。でも、それは……」

「なんだよ、はっきりしないな。このジョナスが、フィラックス公に認められたのは、俺たち仲間がみんな見ているからな、こっちは保証つきだけど」

「でも、そんな方法でフィラックス公に気に入られて砂糖菓子を作っても、砂糖菓子のできが悪けりゃ、幸運は呼びこまないよね？」

カウンターに座っていた、商家の女将さんらしき人が言った。

「そうだよ。この子の作った砂糖菓子を持っていたフィラックス公には、考えられないような寛容な処遇がなされた。どえらい幸運だよ。それは、砂糖菓子の力だろう？」

宿の女将さんが、同意する。

「あんたたちだって、その砂糖菓子をこの子が作ったってことは、認めるんだろう？」

言われて、若者たちは言葉に詰《つ》まる。ジョナスはますます、居心地《いごこち》悪そうにもじもじした。

「おまえたち、見苦しい真似《まね》はもうよせ。ラドクリフ工房の名前に、傷がつく」

若者たちの近くに座っていた青年が、ふいに口を開いた。

若者たちは不愉快そうに、その青年を睨《にら》んだ。

が、その青年が立ちあがり、彼らの方を見ると、あっと声をあげた。

「キース……。君。どうして、こんなとこに……」

ジョナスが、呟《つぶや》く。キースと呼ばれた彼は、ジョナスと若者たちをゆっくり見回す。

「僕は、時々ここに昼食をとりに来る。知らなかった？　おまえたち、すぐにここを出ろ。これ以上、恥《は》ずかしいことをして欲しくない」

「でも、キース！　俺たちは本当に、この女が」

一人の若者が、言い訳するように声をあげる。と、彼は冗談《じょうだん》めかして、「しっ」と自分の唇《くちびる》の前に人差し指を立てた。しかしその目は、笑っていない。

「僕が不愉快になる前に、黙《だま》ってくれ」

静かな威圧《いあつ》に、若者たちは黙った。彼らは互《たが》いに目をかわし合い、席を立った。

「いいさ。キースが言うなら。俺たちは、帰る」

「そうしてくれると嬉《うれ》しい」

若者たちは、こちらに歩いてきた。アンの方を見ないようにしながら、彼らは出ていった。

アンとすれ違うとき、ジョナスだけがちらりと、彼女の方を見た。けれど視線が合うと、今度もあわててそらして出ていった。ジョナスのあとをついて行くキャシーは、相変わらず、アンを敵のように睨みつけて去っていった。

キースと呼ばれた彼は、彼らが出ていくと、テーブルの上に多めの勘定《かんじょう》を置いた。そして女将さんに声をかけた。

「騒《さわ》がせてしまって、悪かったね。僕も退散するよ」

彼はゆっくりと出入り口に向かってくると、アンの前に一瞬《いっしゅん》立ち止まった。

明るい茶の髪《かみ》に、紫《むらさき》っぽく見える濃《こ》い青の瞳《ひとみ》。思慮深《しりょぶか》そうな、落ち着いた顔立ちだ。裾《すそ》が膝《ひざ》まである、品の良い上衣《うわぎ》を身につけている。

「仲間が、失礼なことを言った。ゆるしてくれ」

「え、いいえ。気にしてませんから」

口の端《はし》に少しだけ笑《え》みを見せ、青年は出ていった。その背中を見送り、アンは首を傾《かし》げた。

──ラドクリフ工房の人？

出入り口を見つめるアンの肩《かた》に、女将さんはにっこりして手をかけた。

「さあ、あらためて、いらっしゃい。お泊《と》まりかね？　それとも、食事？」

アンはふり返り、気を取り直して微笑《ほほえ》んだ。

「泊まりと、食事。両方」

「やったぁ！　温かい食事だ！　アン。シャル・フェン・シャル。ここに座ろうぜ。ここがストーブの近くで、一番の特等席だ」

ミスリルはぴょんぴょん跳《は》ねながら、部屋の奥のテーブルに向かう。自分は寒さを感じないくせに、アンのために、ストーブの近くを選んでくれるミスリルの気遣《きづか》いが、嬉しかった。

嬉しいと言えば、風見鶏亭の女将さんの、妖精《ようせい》たちに対する気遣いも嬉しかった。

女将さんはわざわざシャルとミスリルに、「よく来た」と声をかけた。

主人である女将さんが、妖精を歓迎《かんげい》したのだ。この場所では、妖精も一緒《いっしょ》に食事をしていいと、ここの主人が認めている。そう他《ほか》の客に、知らしめてくれた。文句のある客は、出ていくしかない。

「俺は、なにを食おうかな。でも、まずは温めたワインに砂糖をたっぷり入れて、レモンを搾《しぼ》って飲みたいなぁ。冬の定番だから、絶対これは飲まなきゃな」

ミスリルはそうそうに席に着き、わくわくした様子で、壁《かべ》にかけられた黒板を見あげる。

黒板にはチョークで『本日のおすすめメニュー』が書かれている。

「シャルも、行こう。わたしも、お腹《なか》がすいた。とりあえず風見鶏亭名物の豆スープと、クルミのパンが欲しいな。あとメインは、鶏肉《とりにく》をハーブのお塩で焼いたのなんか、いいかも。デザートも食べちゃおうか」

お腹をさすりながら、テーブルに向かう。すると隣《となり》でシャルが、呆《あき》れたように呟いた。

「そんなに食べる気か」

「だって、お腹すいてるんだもの。なにか、まずい？　あ、そっか。太っちゃうかな？」

「かかしがどれほど食べても、さほど大きくならないだろう。さっさと席に着け、アン」

「また、かかしって……。あ……でも……」

ちょっとした違和感《いわかん》を感じながら、アンは席に着いた。そして首を傾げて、シャルを見つめる。ここ数日、奇妙《きみょう》に思っていることを訊《き》きたくなった。

その視線に気がつき、席に着いたシャルが眉《まゆ》をひそめる。

「なんだ？　妙《みょう》な顔をして」

「ねぇ、シャル。今も、そうだったけど。ここ三日ばかり、わたしのこと時々、名前で呼んでくれるよね。どうして？」

名前で呼ばれるのはとても嬉しいのだが、違和感がある。なぜ突然《とつぜん》、シャルが自分を名前で呼ぶ気になったのかが、不思議でたまらなかった。

「おまえが、その方が嬉しいと言っただろう。だから、努力してるつもりだ」

「え、じゃあ。シャルが今までわたしのことを、『かかし』とか『この馬鹿《ばか》』とか呼んでたのは、わざとわたしを凹《へこ》ませようとして、意地悪で言ってたわけじゃないの!?　今もさりげなくかかし呼ばわりしてたけど、あれは無意識!?」

驚《おどろ》いて問い返すと、シャルは複雑な表情になる。

「……そこまで、意地が悪いと思われていたのか」

「意地悪じゃないんだ……」

と、いうことは。シャルの暴言は、天然か。唖然《あぜん》とした。

厨房《ちゅうぼう》から流れ出てくるのは、豆スープの香《かお》り、温めたワインの香り、肉をじっくり燻製《くんせい》する香り。食べ物の香りは、ストーブの熱とともに、人をほっとさせる。

ミスリルはくんくん鼻を鳴らして、うっとり料理の香りをかいでいる。

シャルは、心底意地が悪いと思われていた自分が、自分でおかしくなったらしい。うつむいて、くすっと笑った。笑いながら伏《ふ》せた長い睫《まつげ》を見つめて、アンはとても嬉しかった。目の前に彼がいることが、嬉しかった。笑ってくれることが、嬉しかった。彼に対する淡《あわ》い気持ちは、胸の中に住み続けている。でも、おかしな緊張感《きんちょうかん》はもう感じなかった。

シャルが、ここにいる。それでいい。ミスリルも、いてくれる。それだけでほっとして、満ち足りた気持ちになる。自然と、アンも微笑んでいた。

「さあ、ご注文は⁉」

元気な声で女将《おかみ》さんが、カウンターの向こうから声をかけてくれた。

とりあえず今は、三人ともそれぞれに、幸福だった。

あとがき

皆様《みなさま》、こんにちは。三川《みかわ》みりです。

ありがたいことに、シュガーアップル・フェアリーテイルの続編。こうやって書かせて頂くことができました。

前作『銀砂糖師と黒の妖精』のラスト。自分的には、「アン、幸せになったよ！　なによりだっ！」と思っていたのです。

ところが続編を書くにあたり、ふと冷静になりました。

アンは、銀砂糖師になりそこねた。所持金もほとんどなし。それなのに、妖精《ようせい》二人を、養っていかなくちゃならない。なんて過酷《かこく》な十五歳――。

あわわわわ。すごいことになってる！

なんかわかんないけど、なんとか生き延びて一年後からスタート、なんてことも考えてプロットを出したりしたのですが。そんなズルは、許されるはずもなく。ここをすっとばすわけにはいかないと、覚悟《かくご》を決めました。

ということで。今回は、前作ラストから、おおよそ二ヶ月後のお話です。

そして、この本がでるちょっと前に発売されているはずの、雑誌「The Beans VOL.15」にもシュガーアップルの短編を書かせて頂きました。こちらは前作のラストから三日後のお話。この本でアンが着ているケープをくれた、銀砂糖師のお兄さんが登場します。ミスリルサイズの、ちっちゃい妖精も出てきます。しかも、なんと。あき様が描《えが》いてくださった四コマ漫画《まんが》と、シャルのカラーピンナップがついてます。贅沢《ぜいたく》です。ミラクルです。こちらもよろしくお願いします。

今回も担当様には、ほんとうにいろいろご迷惑《めいわく》をおかけしました。それでもいつも明るく気持ちよく接して頂けて、常に感謝しております。これからもよろしくお願いします。

そして、あき様。あき様の描かれるアンにきゅんとし、シャルにくらっとします。ミスリルは、ポケットで飼いたくなります。ありがとうございます。描いて頂ける幸運をつくづく感じています。

お手紙もたくさん頂きました。お手紙に書かれている励《はげ》ましの言葉や、感想。本当に嬉《うれ》しかったのです。なので、この本を読んで、また喜んでもらえたらいいと、心から願っています。

読んでくれた方がいたからこそ、書けた続きです。深く深く、皆様に感謝しています。

ではでは。また、お目にかかれれば幸い。

三川　みり

BEANS BUNKO

「シュガーアップル・フェアリーテイル 銀砂糖師と青の公爵」の感想をお寄せください。
おたよりのあて先
〒102-8078 東京都千代田区富士見2-13-3
角川書店ビーンズ文庫編集部気付
「三川みり」先生・「あき」先生
また、編集部へのご意見ご希望は、同じ住所で「ビーンズ文庫編集部」
までお寄せください。

シュガーアップル・フェアリーテイル 銀砂糖師《ぎんざとうし》と青《あお》の公爵《こうしやく》

三川《みかわ》みり

角川ビーンズ文庫 BB73-2 16393

平成22年8月1日 初版発行

発行者――――井上伸一郎
発行所――――株式会社角川書店
東京都千代田区富士見2-13-3
電話/編集(03)3238-8506
〒102-8078
発売元――――株式会社角川グループパブリッシング
東京都千代田区富士見2-13-3
電話/営業(03)3238-8521
〒102-8177
http://www.kadokawa.co.jp
印刷所――――暁印刷 製本所――――BBC
装幀者――――micro fish

ISBN978-4-04-455016-5 C0193 定価はカバーに明記してあります。